CW01467565

Journal intime
d'un parfait connard

Dominique URBINO

Juillet 20..

A toutes celles et ceux qui se reconnaîtront...
Seth.

D'où m'est venue l'idée d'écrire ce journal ?

D'un film. Que j'ai vu avec elle. Je devais avoir...quinze ans. C'était une nouvelle version des *Liaisons Dangereuses*, transposée dans le New York actuel. Le héros, Valmont, vénal, insensible, fourbe, tombe amoureux de la prude et parfaite fille de son chef d'établissement. Il tient un journal de ses aventures, une véritable bible, qui se révèle la clé de tout, l'élément majeur de sa victoire sur l'autre femme, sa demi-sœur, son égal en fourberie, l'opposée de la prude, celle qui causera sa ruine, la fin de sa vie puisqu'il ne pouvait en être autrement. C'était une lutte de principe. Un combat à mort. Ses secrets, tous ceux qu'il a rassemblés sur le champ de bataille feront voler en éclat les conventions, les faux semblants dont elle, cette furie faite femme, enveloppait son existence, celle dont il a longtemps cru être amoureux. Sur la route une nouvelle fois, je me suis dit qu'à l'instar de celui de Valmont, mon journal pourrait valoir la peine, ne serait-ce qu'afin qu'elles n'aient pas - encore une fois – le dernier mot.

A les entendre, je ne suis qu'un animal perfide, un moins que rien, un connard.

Mon journal, je leur dédie donc.

Je vous le dédie aussi, à vous, les filles, les femmes, tellement plus rares, que j'ai croisées. Vous qui m'accusez de votre mal-être, celui dont vous nous serinez à longueur de journées. Vous qui nous envahissez de vos attentes, de vos doutes, de vos peurs qu'il nous faut comprendre. Vous les naïves, prêtes à gober n'importe quoi contre un peu d'attention. Vous, tellement marquées par votre manque de confiance, par les idées débiles que vous vous êtes fourrées dans la tête parce qu'à un moment on a osé vous dire « Je t'aime ». Et tout ce foutoir-là, votre putain de besoin d'être rassurées, vous mène à des choix absurdes dont immanquablement, vous finirez par nous accuser.

Mais vous croyez quoi ?
Qu'on n'a pas peur ?
Qu'on n'a pas mal ?
La différence, c'est que l'on ne fait pas chier le monde avec ça.

Vous donc qui me considérez comme le dernier des connards, c'est à vous que je veux tout raconter. Puisque c'est par vous que j'existe. C'est vous qui m'avez offert le pouvoir, vous qui avez ouvert la porte. Je suis entré.

Voilà mon seul tort.

**Découvrir le connard
qui sommeille**

Une maison abandonnée

Elle était trop large. Je me sentais flotter en elle.
Elle était chaude, pas très poilue mais ça piquait
un peu.Cela me faisait une impression bizarre,
une sorte de brûlure, une gêne aussi, l'impression
d'être sale, de tomber au fond d'un trou. Une
impression agréable, pas comme celle des rêves
de chute. Plutôt comme s'enfoncer par un bout
de soi dans un sol mouvant. Elle restait là, inerte,
à sourire. Non pas un vrai sourire. Plutôt un
rictus coincé entre la béance couarde et le
masque figé des acteurs de tragédies antiques.
Une expression faciale perdue entre le cri et les
larmes. Je ne peux pas dire qu'elle s'offrait. Elle
était là, c'est tout. Peut-être est-ce qu'elle voulait
rendre service. Je n'en sais rien. Je ne sais pas
comment elle est arrivée là. Ah si, ça y est, je
m'en souviens…

Elle était amoureuse d'Étienne. Elle en était folle.
Étienne, c'était le beau gosse du collège. Toutes
les filles l'aimaient. Elles le voulaient toutes. Il
était grand pour son âge (14-15 ans), musclé. Il
jouait au foot. Il faisait beaucoup de sport. Il
adorait ça. Étienne courait le matin. Un truc

qu'aucun d'entre nous ne comprenait à l'époque. Il courait plusieurs kilomètres avant la classe. Il courait avec son père. Il courait en fin de semaine. Il adorait ça, courir. Nous trouvions ça dingue de se lever à 5h du matin pour aller courir. Il n'en reste pas moins qu'il courait. Il était le meilleur en sport de la classe. Étienne était le meilleur en tout. Il était toujours super bien sapé. Normal, ses parents étaient médecins tous les deux. Sa famille avait du fric. Il vivait dans une maison immense, au centre-ville. Sa maison, composée de plusieurs propriétés éparses, abritait le cabinet de ses parents. Ils étaient tellement populaires que certains se demandaient pourquoi l'un ou l'autre n'était pas entré en politique. Ils considéraient que leurs activités au sein de la communauté valait autant qu'un mandat, selon Étienne. Et puis, ce n'est pas parce qu'ils ne l'avaient pas encore fait qu'ils ne le feraient jamais. Ils avaient vraiment le cœur sur la main. Tout le monde pouvait se rendre chez eux en ayant la certitude d'être soigné, sans nécessairement en avoir les moyens.
C'étaient des gens bien.

Étienne avait tous les derniers trucs à la mode : les baskets qu'il faut, le jean qu'il faut, le tee-shirt qu'il faut. A vrai dire, au collège, la mode, c'est Étienne qui la faisait. Il avait un style terrible. Les premiers jeans troués au collège, c'était lui. Les manches de tee-shirt remontés, lui aussi. Dès qu'Étienne portait un truc, il fallait que tout le monde l'ait. Dès qu'il disait un truc, tout le monde le répétait. Dès qu'il sortait avec une fille, elle devenait une coqueluche. Il avait le sourire qu'il faut aussi. Le sourire qui tue. Il les faisait tomber comme des mouches. ~~J'étais jaloux. Je l'enviais...~~ Je ne sais plus très bien comment – mais franchement, est-ce vraiment important?- nous sommes devenus les meilleurs potes du monde. On partageait tout.

Cette fille – je ne me souviens plus son nom - avait l'air timide mais elle était agréable à regarder. Il passait devant elle, sans la voir. Il en avait tellement d'autres à regarder. Chaque fois, qu'il l'avait croisée, il ne l'avait pas calculée. Elle semblait pourtant littéralement se liquéfier à chacun de ses passages, dans l'attente d'un mot, d'une simple attention. Il ne l'a pas calculée de l'année. Je l'avais remarquée, moi, cette nana, avec son super cul. Un jour, je lui ai donc fait remarquer qu'il lui plaisait. Il ne s'en était vraiment pas rendu compte ! A vrai dire, il s'en foutait. Le lendemain, il s'est quand même dirigé vers elle et, sans même lui demander son avis,

avis qui n'était par ailleurs pas nécessaire, il l'a embrassée. La pauvre fille... J'ai cru qu'elle allait s'évanouir. On était tous là, la bande des cinq : moi, Gilles, André, Claude aussi. On rigolait. Il l'a embrassée et puis il ne l'a plus calculée de la journée. Le lendemain, il est revenu la voir. Il nous a demandé de rester à l'écart. Je ne sais donc pas précisément ce qu'il lui a dit mais il allait lui sortir le grand jeu. Il lui a glissé un mot, appuyé contre le mur du préau. Il souriait. Elle aussi. Elle baissait la tête. Ça a duré une semaine environ. Il ne lui parlait que quelques minutes chaque jour, dans la cour ou à la sortie. Une fois, il l'a même accompagnée jusqu'à son arrêt de bus. Il l'a embrassée devant d'autres filles qu'il avait embrassées avant. Elle semblait ne plus toucher terre. Elle était au paradis. Elle avait l'air super contente de ce qui lui arrivait. Un miracle, vous imaginez bien : Étienne, LE beau gosse l'avait embrassée devant tout le monde ! Étienne, LE mec, était avec elle.

Quelques jours plus tard, il nous a donné rendez-vous dans la petite maison.

C'était une baraque abandonnée, au sommet d'une petite colline tout prés du près du centre-ville. Une baraque à l'abri des regards, entourée d'arbres qui la cachait, un petit de bois, plutôt une broussaille anarchique percée par une petite route, un sentier, qui menait vers une porte défoncée par d'autres. Je soupçonne cette route de n'avoir pas été la voie principale d'accès vers cette maison. Je soupçonne d'anciens inventeurs, plus ou moins jeunes, de l'avoir tracée avant nous.

La maison en bois, taillée dans un style ancien, était blanche et verte. C'était une grande maison, sur deux niveaux. On ne savait pas à qui elle appartenait. Ce devait être une personne importante à l'époque. Cette maison devait avoir une histoire. Moi l'Histoire, je n'aime pas ça. Elle rendait service, c'était l'essentiel. Nous ne sommes d'ailleurs jamais allés plus loin que le rez-de-chaussée où était disposé une table ou quelque chose dans le genre. Une table au milieu d'une grande salle, avec un escalier pour accéder à l'étage supérieur. Un table sur laquelle reposait toujours quelque chose. Ou quelqu'un. Ce n'était pas vraiment sale. Juste poussiéreux comme une maison abandonnée, avec de vieux meubles. Ça se faisait souvent ici. En groupe, très souvent. Les filles qui rendaient service connaissaient bien cette endroit. Plus d'une avait dû subir des assauts qu'elle n'avait pas prévus. On avait toujours un œil sur la maison abandonnée. Il arrivait donc que de trois ou quatre, le service devienne plus important voire beaucoup plus important. C'était il y a longtemps. Tout cela ne faisait pas la une des magazines ni des journaux télévisés. Quand cela arrivait, les filles se taisaient. Son tour à elle était venu. Et finalement, elle avait de la chance puisque nous n'étions que cinq.

Étienne lui a expliqué ce qui allait se passer. Elle semblait inquiète. Nous on ne parlait pas. On ne disait rien. On est montés ensemble. Nous sommes arrivés. Il lui chuchotait des mots à l'oreille tandis qu'il lui caressait les joues, qu'il l'embrassait, qu'il lui caressait les seins. Il lui disait toujours des mots doux tandis qu'il passa sa main sous sa jupe. C'est bien évidemment lui qui a commencé. Il ne fallait pas se mettre complètement à poil. On ne savait jamais... Il conservait donc les jambes écartés, pour retenir son pantalon au niveau de ses genoux. Il la caressait encore, l'embrassait et brusquement, il s'est engouffré en elle. Elle a poussé un petit cri et s'est accroché à son cou. Lui s'appuyait des deux mains sur la table et poussait. Il poussait encore, de plus en plus brutalement, tandis qu'elle gesticulait, tandis qu'elle hennissait. Enfin, il a joui. Il s'est retiré, à jeter sa capote dans un coin...

– *Claude ?...*
– *Ouais. J'arrive...*

Elle conservait la tête baissée. Elle était assise là, les cuisses ouvertes. ~~Ensuite,~~ ça a été le tour d'André. Il a été rapide. Très rapide. Et puis, Gilles. Je suis passé le dernier. Peut-être est-ce que j'aurai dû passer en premier. Plutôt en second, juste après Étienne. Peut-être qu'elle aurait été moins large. J'ai eu l'impression qu'elle ne ressentait rien. Elle ne me regardait pas. J'ai essayé de l'embrasser mais elle ne voulait pas. Je n'ai pas insisté. Je crois que je ne lui plaisais pas. A un moment, j'ai senti son corps s'agiter. J'ai cru qu'elle allait vomir. J'ai eu un mouvement de recul qui ne m'a pas aidé à me concentrer, pour faire les choses bien. Elle a essayé de me repousser. Je transpirais beaucoup. Je tremblais un peu. Il ne faisait pas si chaud pourtant...

La pièce était calme. Je tremblais. Étienne s'est approché. Il lui a demandé de se tenir tranquille. Il lui a chuchoté des mots tendres. Il lui a promis qu'ils reviendraient, qu'ils passeraient un moment ensemble, rien que tous les deux. Il m'a semblé l'entendre lui dire qu'il l'aimait, qu'elle devait plaire à ses amis pour lui faire plaisir. Il lui a caressé les cheveux, l'a consolée. Elle s'est calmée. J'ai pu continuer. Il matait. Gilles aussi.

13

Elle le regardait. Je pouvais percevoir le sourire qu'il lui adressait dans mon dos à la lueur de son regard. Une lueur qui perçait les larmes qui roulaient sur sa joue. Des larmes qu'elle ne contrôlait pas. Des larmes qu'elle n'essuyait pas. Des larmes qui me tombaient sur les bras.

Claude surveillait, dehors. Ça m'a mis la pression leur regards ~~de cons~~, leur commentaires, et tout. Du coup, pour moi non plus, les choses n'ont pas duré longtemps. De toute façon, je ne me sentais pas. ~~J'étais un peu dégoûté.~~ Elle saignait. Et coulait. Je l'entendais gémir tandis que je sentais monter en moi une sorte de tension, quelque chose d'intense et d'un coup, une sorte d'explosion...
Elle devait avoir 14 ans.
Comme nous.
Elle était vraiment belle. Je m'en rappelle maintenant. Belle. Et fine. Et musclée. C'était une sportive, une danseuse, je crois. Une excellente danseuse. Elle participait aux spectacles de l'école. Je crois qu'elle faisait de la danse classique aussi, parce qu'elle traînait avec d'autres filles qui en faisait. Elle était la première de sa classe, hyper douée. On ne la croisait jamais dans la rue, à traîner comme d'autres filles du quartier, comme celles qui rendaient service

d'habitude. C'était une fille de bonne famille, comme aurait dit ma mère. Une fille sage qui parlait doucement, qui portait des jupes sur les genoux, des mocassins vernies. C'était mignon bien que ce ne soit pas la mode.

L'année scolaire était presque terminée et moi je venais de faire mon entrée dans le monde. On ne l'a pas revue l'année suivante.

Je ne l'ai jamais revue, à vrai dire.

C'était ma première fois.

Elle s'appelait peut-être Rose.

« La première fois que mon regard s'est posé sur toi... »

Après ma première fois, j'étais devenu un homme.

A partir de là, tout a changé.

Jusque là, le collège avait été difficile. Il avait fini d'être un chemin de croix d'autant que mon meilleur pote, Étienne, était le beau gosse de l'école. Cela m'a permis de côtoyer quelques-unes des filles les plus courues. Je ne suis pas sûr qu'elles se seraient intéressées à moi sans cela. Mais qu'importe. L'important est de les avoir fréquentées, n'est-ce pas ?

Où veux-je en venir ?

Au fait que ces années ont été très formatrices. Durant ces années, que j'ai appris le fonctionnement des filles. Un peu comme nous tous, j'imagine. J'ai découvert là, que les filles ne s'attachaient pas aux mêmes choses que nous, en tous cas pas de la même façon. Elles attachent beaucoup d'importance à la forme. Au fond, elles attendent que nous répondions à des attentes qu'il nous faut entendre même si on y comprend rien, ni sur le moment, ni après. Comprendre, plutôt entendre, est la règle d'or, celle qui permettra de briser la première barrière entre ce que nous voulons et ce qu'elles désire. Cette première barrière est souvent l'unique: être fichées 'salopes' ou la peur du déclassement. Une fois rassurées sur ce point, dès qu'elles abaissent leur garde, un champ est ouvert pour fixer ses jalons, ceux par qui viendront le contrôle : délicatement instiller le doute, laisser infuser le manque, écouter, attendre donc, prendre le contrôle en leur laissant croire qu'il est leur. User de l'influence, de la tendance, de la mode, de la comparaison – sans doute le meilleur outil – pour les amener où vous les amener. Une fois le contrôle pris, il ne reste qu'à manœuvrer. Ce savoir, je le dois à Étienne. Il me l'a enseigné sans doute à son insu. Je l'ai observé. Gilles, Claude, André aussi. Cette leçon, nous l'avons retenue. Elle continue de m'être fort utile.

La première fois que j'ai véritablement usé de mon expérience, de ce savoir, ce fut avec Ness. Nous avions quinze ans. Ness était une de ces filles que tout le monde connaît. Elle appartenait une bande de filles que toutes les autres connaissent, fréquentent ou ont envie de fréquenter.

Vous pensez que tout cela est un cliché ? Il n'en est rien. C'est juste la dure loi de la jungle collégienne. Demandez donc à vos enfants. Ou non. Ne leur demandez rien. Formez-les plutôt à s'y adapter. A y survivre. A y régner.

Ness était donc d'une de ces bandes, toujours à la pointe de la mode. Malgré ses origines assez modestes, elle m'a tapée dans l'œil le jour où je l'ai croisée, cheveux au vent, jean moulant, comme il se devait (les slims débarquaient. Ils étaient encore réservés aux filles), tee-shirt blanc parfaitement découpé aux ciseaux, à l'encolure, aux manches et juste au-dessous du nombril (trop, vous étiez renvoyé, pas assez, vous étiez considéré comme une nonne ou comme sans créativité, ce qui pouvait être pire), celui de notre uniforme, moulant le tee-shirt, suivant la courbe de ses seins, énormes pour nos âges, intéressants, du coup. Elle non plus ne m'aurait jamais regardé sans l'intermédiaire de ma cousine, l'une de ses copines, l'une de ses meilleures amies.

- *Il faut que tu m'arranges le coup...*
- *Pourquoi faire ?*
- *Il faut vraiment que je te fasse un dessin ?*
- *Je crois qu'elle craque pour Étienne...*
- *Et alors ? Elles craquent toutes pour Étienne Mais elle ne l'intéresse pas du tout... A la limite, s'il le faut, je le mettrai dans le*

coup... Il me donnera un coup de main. Il est
sur Léa. Ness n'a aucune importance pour
lui. Elle n'a aucune chance.
- *Okay... Fais comme tu sens. Je ferai ce que*
  je peux. Je lui parlerai de toi. On verra...
- *Dis-donc, je ne trouve pas très ouverte ?*
  C'est quoi ton problème ?
- *Tu m'emmerdes, Seth. C'est quoi ton*
  problème ? Pourquoi tu veux me mettre sur
  tes plans fumeux ?
- *Il n'est pas fumeux... Et ce n'est pas un*
  plan... Elle me plaît cette fille...
- *Ah ouais ? Et qu'est-ce qui te plaît au juste ?*
  Son QI ou son cul ?
- *Ah, ah, ah... Les deux !*
- *Ouais, ouais... Allez...*

Comme dit, comme fait, le lendemain, j'en
parlais à Étienne Et lui ne se fit pas prier...

- *Eh !.. Salut... Euh...*
- *Ness ! Salut Étienne !*
- *J'ai un pote à qui tu plais.*
- *Euh... Ouais... Qui ?*
- *Seth... Il est là. Là-bas. Tu le vois ? T'en*
  pense quoi ?
- *Euh, ben... Pas grand-chose. Pourquoi ?*
- *Écoute : c'est mon meilleur pote. C'est un*

gars génial. Tu lui plais. Et tu me ferais un
sacré plaisir de lui dire deux mots...
- *Okay... Mais il ne me plaît pas...*
- *Allez... Sois cool !.. Il est super cool, tu vas*
  voir...
- *Okay... j'irai le voir plus tard... A la sortie*
  des cours...

Étienne me fit le compte-rendu de l'échange. Elle
viendrait. Pour le reste, c'était à moi de gérer.
- *Ça va être chaud, mec...*
- *T'inquiète : elle tombera. Ma cousine la*
  travaille aussi de l'autre côté. Tu verras. Elle
  ne tardera pas à être folle de moi...
- *Ouais... Mais ne t'avance pas trop. Tu ne lui*
  plais pas du tout.
- *T'inquiète...*

Ness n'est pas venue, ce jour-là. Ni le jour
suivant. Je ne m'en suis pas plus formalisé, les
circonstances jouant en ma faveur. Colyn
organisait une sauterie chez elle. Ses parents
n'étant là que très rarement, les fêtes sont
devenues aussi fréquentes que leurs absences, de
plus en plus prisées, malgré la concurrence.
Celles de Charles, un type de l'autre collège de la
ville, étaient les plus courues de l'époque.

Nous étions d'ici, pas de l'autre collège. Il nous fallait nos trucs, nos fêtes. Voilà.

La mode était aux après-midi récréatifs. Nous pouvions tous y participer, à l'insu de nos parents souvent, le mercredi ou le vendredi de la veille des vacances scolaires. Dans le premier cas, comme nous étions quasiment tous inscrits au sport (en tous cas, tout ceux qui avaient compris le truc), il suffisait de zapper une session. Dans l'autre, il fallait sécher un ou deux cours pour s'éclater dans un salon assombri, comme il se devait, par n'importe quel organisateur digne de ce nom.

Quelques-unes étaient entrées dans les annales : du fait d'intrusions de parents surprenants leurs filles dans des positions inconfortables, de celle de filles surprenant leur petits copains dans des conditions tout aussi indélicates, le temps d'un coup assuré. Lors de ces fêtes-là, l'alcool aidant, tout devenait possible. Il était la règle chez Charles. C'était pareil chez Colyn..

Attendant le moment propice, je faisais savoir à Ness, sans trop insister, que mon intérêt pour elle ne faiblissait pas. Des regards insistants. Être aux endroits où elle traînait, dans le collège ou en dehors Ne pas l'aborder. Un bonjour par-ci, un bonsoir-par là. Se faire rembarrer. L'accepter. C'est la règle. Il en fut ainsi pendant plusieurs jours. Nous jouions au chat et à la souris. La machination prenait puisque je la voyais me chercher des yeux lorsqu'elle ne me trouvait à ma place, installer sur le poteau qui borde les toilettes des filles pour observer ses allées et venues. Elle cherchait mon regard lorsqu'elle ne le sentait plus poser sur elle tandis qu'elle traversait la cours avec sa bande. Le poisson était ferré. Il ne restait qu'à porter le coup de grâce. Ce serait vendredi, le jour de la sauterie…

J'arrivai donc sur le tard, 16-17h, accompagné d'Étienne, de Léa, qu'il avait chopée et avec qui il envisageait de conclure plus tard, dans notre maison… Léa était avec sa cousine, Leti qui me servirait d'appât. D'abord parce qu'elle n'habitait pas le quartier, ni la ville d'ailleurs. Elle venait de loin. Tant mieux. Elle n'avait pas d'histoire ici. Je pourrai inventer celle que je voulais sans que cela ne prête à conséquences. Nous n'avions pas d'amis communs. Personne ne la connaissait. Enfin, détail qui a toute son importance, elle était jolie. Très jolie. Et ouverte. Et sympa. Je l'ai draguée, ouvertement, dès notre rencontre, en début d'après-midi. Elle n'a pas semblé gênée par mon approche directe, presque brutale. Bien au contraire. Elle semblait habituée, à l'aise, attentive à la suite.

Lorsque nous sommes arrivés chez Colyn, Leti et moi étions potes. Nous nous tenions serrés l'un contre l'autre. Elle a compris mon manège, m'a demandé de lui confirmer ce qui se tramait. Un peu déboussolé, je me suis exécuté. Elle s'est approchée de moi, m'a entouré le cou de ses bras. Je lui ai ceinturé la taille, l'ai embrassé dans le cou. Elle a éclaté de rire. La situation l'amusait. Elle m'a rendu mon baiser et s'est rapprochée de moi. Leti dégage un truc qui dans le fond me fait peur. Plus je l'embrasse, mieux elle s'offre. Quand j'avance, elle avance aussi. Ce n'est pas que je lui plaise, non. Je crois qu'elle entre dans mon jeu, c'est tout. Elle me pousse dans mes retranchements. A l'époque, je ne m'y connaissais pas suffisamment pour être rassuré. Je n'ai rien lâché cependant. Il fallait garder la face. Et puis, je savais ce que je voulais. Et ce que je voulais, c'était Ness. Je la voulais et je l'aurais, ce soir-là.

Il me semble encore sentir le corps de Léti... La musique est propice à la promiscuité. Je la colle. Je la tiens fort. Leti frotte son corps contre le mien. Elle accroche mon regard. Cela m'excite mais je tente, tant bien que mal de garder le

23

contrôle. D'autant que Ness est, avec ses copines, en train de nous reluquer. Elle semble furieuse.

Gagné !

Ness refuse toutes les invitations et maintient sur moi un regard fixe, furibond. Sur moi, sur nous. Elle gesticule, marche de long en large, traverse la salle, nous frôle, tente d'accrocher mon regard, volontairement plongé dans le décolleté de Léti. Elle déambule, tente de se donner une contenance. Une heure plus tard, elle n'en peut plus. Elle s'approche, me tape sur le bras :

- *Dis donc, c'est qui cette fille ?*

Léti se retourne et lui tend, tout sourire, une main généreuse…

- *Salut ! Je m'appelle Léti ! Je suis…*
- *Ouais, bon, je peux parler à Seth, s'il te plaît ?*

Mon plan marche à la perfection…

- *Salut… Qu'est-ce qui se passe ? Tu vas bien ?*
- *Ouais… On peut se voir ? Dehors ? J'ai deux mots à te dire…*
- *Écoute : ce n'est pas vraiment le moment-là. J'ai…*

Ness m'a gobé la bouche sans me laisser répondre.
Voilà. C'est fait. Emballé.

- *Wow, wow... Que se passe-t-il ? Qu'est-ce que tu veux ? Tu ne m'as pas calculé de....*
- *Tu sais ce que je veux. Tu me reluques depuis des jours et là, tu débarques avec une fille que personne ne connaît. Tu te moquais de moi, c'est ça ? Je ne t'intéresse plus ?*
- *Là, je ne comprends rien...*
- *Eh ben fais un effort !*
- *Oui, c'est vrai. Tu me plais. Je t'ai fait des dizaines d'appels du pied depuis des jours et toi, tu n'as pas réagi. J'ai pensé... Que pouvais-je penser d'autre que je ne t'intéresse pas ? C'est d'ailleurs ce que tu m'as dit, non ? Je ne t'intéresse pas...*

Pour toute réponse, elle m'a embrassé de nouveau. Sur les platines, un morceau de raggamuffin. Elle se tourne, me donne le dos, se rapproche près, très près de moi et commence à bouger, frotter son cul contre mon corps. Un corps que je n'ai plus les ressources de maîtriser. Elle accroche ses mains à mon cou. Je la ceinture, lui caresse les hanches, les seins. Elle bouge, monte, descend. Elle danse. Et je respire la victoire, l'odeur de ses cheveux.

Sincèrement, à ce moment-là, je n'en peux plus. Ce dont d'ailleurs, elle ne tarde pas à se rendre compte. Elle se retourne, me fait face, danse encore, provocante et m'embrasse. Nous voilà embarqués pour une croisière qui s'annonce palpitante. Le voyage sera torride. Je suis loin. Quand je m'éloigne, elle me rattrape par les hanches. Ses mains se baladent sur mon dos, mes fesses. Je suis à bout d'excitation. Je passe les miennes sous sa robe. Elle m'embrasse encore.

- *Viens... On va ailleurs...*
- *Okay... Où tu veux... Sauf dans votre maison pourrie...*
- *T'inquiète... J'ai une autre idée...*

Mes parents ne rentreront pas avant plusieurs heures.

Nous avons donc quartiers libres. Je n'habite pas très loin. Arrivés dans ma chambre, Ness prend le contrôle de la situation. Tant mieux. Je n'aurais pas su quoi faire. Elle met de la musique, *Exodus,* l'album de Bob Marley, chanson 6, *Jamming.* Le son se répand dans la pièce en même temps qu'une chaleur suave. Je tremble. J'espère qu'elle ne s'en est pas rendue compte. Elle s'approche de moi et, sans hésitation, sans autre détour (tout est en place. A quoi serviraientils ?), elle détache mon pantalon enflé par tout ce que je retiens depuis le milieu de l'après-midi. J'ôte maladroitement mon tee-shirt, le jette dans un coin de la pièce. Je suis en caleçon, un peu gêné par la protubérance qu'elle fixe avec malice. Puis elle lève les yeux vers moi. Ness porte une robe aux fines bretelles. Une robe fleurie, comme il se doit, c'est la mode. Sa robe est moutarde. Elle porte des Bensimon vertes, kaki. Elle les retire. L'une après l'autre, son regard accroché au mien.

Putain… Je n'en peux plus.

Elle retire sa robe. Ness, la fille que je convoite depuis plusieurs semaines est là, devant moi, en culotte petit bateau, ses beaux seins (parce qu'ils sont terribles, mieux que sous son tee-shirt, mieux que ce que j'avais imaginé…), ses beaux seins, offerts. Elle recule. Je la regarde tomber à la renverse sur le lit. Elle m'attend. Bob chante *Waitin in vain…*

Elle est allongée sur le dos, elle me tend la main, elle m'attend et écarte un peu les jambes. Je baisse mon caleçon, enfile tant bien que mal un préservatif (j'en ai un stock dans ma chambre. J'ai bien fait…) et me rapproche. Je m'agenouille devant elle, la saisis, pas tout à fait sûr... J'entends son souffle s'accélérer. Je retire sa culotte et regarde sa fente à laquelle je ne trouve rien d'attrayant. Je me couche sur elle, doucement, lentement pour tenter de l'oublier, de la retrouver, de la pénétrer. Je respire l'odeur de ses cheveux, de sa peau. J'ai peur. Je me revois fermer les yeux, partir, être ailleurs. Nous sommes ensemble, en voyage, sur la mer. Le bateau tangue. Elle s'accroche et me ceinture de ses jambes. Jamais je n'aurais cru que ce pourrait être ça, aussi… fort. Je ne flotte pas cette fois. Je sens son corps réagir. Elle réagit avec moi. Je ne flotte pas ! Je… Je... La musique, son odeur, toutes ces sensations nouvelles que je ressens au contact de son corps. Elle me parle, me caresse le cou, le dos. Il se passe quelque chose, une chose d'indescriptible, phénoménale. Son corps m'emprisonne. Elle se tend d'un coup, d'un seul, brutalement je sens une vague me submerger. C'est tellement fort que je crie. Je l'entends crier aussi. J'ai la fièvre. J'ai très chaud. Je transpire. Elle aussi. Et pourtant nous frissonnons. Tous les deux.

Waouh… Tout est bleu. Nous ne bougeons pas.

Nous restons comme ça, figés un moment, fixés par quelque chose que, selon toute vraisemblance, nous venons de découvrir ensemble.

Three little birds…

Bob continue de chanter. Je m'en souviens encore

28

aujourd'hui...

Nous ne disons rien. Je me couche sur le dos. Elle se blottit contre moi.

Nous restons ainsi, silencieux, écoutant la musique, sans rien dire. Et puis le CD s'arrête.

L'envie de bouger, de fuir, m'a prise comme ça, brutalement.

Je veux qu'elle s'en aille. Plutôt, j'ai envie de quitter cette pièce. De sortir. De respirer. J'ai besoin d'air frais. C'est le foutoir dans ma tête : j'ai peur. Je me lève un peu précipitamment.

- *Tu veux prendre une douche ? C'est à droite, la première porte à droite...*
- *Okay... Tu viens avec moi ?*
- *Non... Non... Je vais ranger un peu... Je vais sortir...*
- *Quoi ? Pourquoi ?*
- *J'en... J'en prendrai une ensuite... Et puis, nous retournerons chez Colyn. Okay ?*
- *Ouais. Bien sûr...*
- *Parfait. Je reviens. Prends ton temps...*

Nous y sommes retournés en effet, main dans la main. Une fois passé le trouble, la paix, l'éblouissement, l'intensité de l'instant m'étaient revenus. Nous avons dansé, rigolé. Passée mon envie d'air frais - je suis sorti un peu, j'ai réfléchi, je me suis dit que j'avais été con, que j'aurais dû la prendre cette douche avec elle, je suis revenu– tout allait mieux. Nous dansions maintenant. Nous avions rejoint les potes, bu encore quelques bières. Et c'était parfait. Ce devait être ça, être amoureux. Si ce n'était pas ça, eh ben merde que c'était bon.

La piscine

Moi, l'inconnu, ne l'était plus. J'étais devenu un gars qui compte, qui existe. Je sortais avec elle. LA nana. Avec moi ! A MON bras, main dans la main, dans la cour, à la sortie, ensemble, depuis chez Colyn.

De retour à la fête, ensemble, collés l'un à l'autre, tout le monde avait compris. J'étais heureux. Je fanfaronnais (normal, non ?) et ne faisais rien pour cacher qu'en effet, nous l'avions fait. Au collège, la nouvelle ferait rapidement le tour. D'autant que nous étions des troisièmes et que les troisièmes opèrent une fascination sur l'ensemble de l'école, hiérarchie oblige. Il n'a été question que de nous pendant plusieurs semaines. Comment, dans ces conditions, ne pas devenir le couple phare de l'école. Nous sommes devenus l'un des couples les plus en vue.

Être le centre de l'attention est un truc simplement génial. Avoir des potes, à chaque coin de la cour. Sentir le regard de tous, entendre murmurer quand on passe, c'est un truc de fou. Un truc nouveau pour moi mais un truc de fou, vraiment ! Je comprends Étienne. Je comprends son assurance, ce truc qu'il dégage. Il vit ça depuis toujours. C'est simplement génial…

- *Alors ? Tu ne touches plus terre ?*
- *A peine… Comment va, mon pote ?*
- *Bien ! Cool ! Léa et moi passons le week-end ensemble à l'hôtel…*
- *Non ! Étienne ?*
- *Ouais ?*
- *Regarde-moi… Tu es accroché ou quoi ?*
- *Tu fais bien de blaguer… Tu t'es vu, toi ? Avec Ness, la main dans la main, les baisers sur le préau, le couple du collège….Pitié…*
- *Ouais… Mais non… Tu sais bien…*
- *Je sais quoi ? Ce que c'est que d'être accro ? Ouais…*
- *Non, pas ça…*
- *Le fait que vous l'ayez fait ?*
- *Ça aussi, ouais… C'était génial ! Mais je ne parlais pas de ça. Je parlais de ÇA ! La popularité ! C'est dingue ! J'ai des potes que je n'avais jamais vus avant !*
- *Euh… Quoi ?*
- *Tout ça !... Oueche, ma gueule. Cool ou quoi ? (Je venais d'en taper cinq à un gars, inconnu au bataillon…). Tout ça, tu vois ?! C'est DINGUE !*
- *Euh ouais… Tiens, en la matière, Léti sera chez Léa, ce week-end. Je dis ça, je dis rien, hein…*

32

- *Ah ouais ?*
- *Ouais… Le coup que tu lui as fait chez Colyn, ben… Disons que tu as fait coup double, ce jour-là. Elle a dit à Léa qu'il faut toujours terminer ce que l'on a commencé. Si tu es bien disposé, elle est toute prête à inscrire le mot fin sur l'ouvrage engagé…*
- *Ah ouais ?*
- *Ouais… Mais cela ne t'intéresse pas, n'est-ce-pas ?*
- *Tu plaisantes ou quoi ?! Tu as vu Léti ? C'est une bombe !! Et puis, elle n'habite pas ici…*
- *Ouais, mais Ness ?*
- *Quoi Ness ? Ness n'en saura rien. Un plan comme celui-là ne se refuse pas !*
- *Tu joues avec le feu…*
- *Tu n'aurais rien dû me dire alors !*
- *J'ai sincèrement cru que tu allais refuser…*
- *C'est ça, ouais… Je te connais Étienne. Tu t'es rangé mais ça ne va pas durer. D'ailleurs, tu n'es pas allé jusqu'au bout avec Léa ?*
- *Non…*
- *Pourquoi ? Elle a refusé ?*
- *Non. Je ne voulais pas. Pas là. Pas dans la maison. Pas ce jour-là…*
- *… Euh… Comprends pas…*
- *Je ne sais pas quoi te dire… Je…*

- *Tout ça, ces conneries-là, ce n'est pas toi...*
- *Non... Plutôt si. Je kiffe vraiment Léa. J'ai vraiment un truc pour cette meuf... Je me range. L'année est presque terminée. On envisage même de partir en vacances ensemble...*
- *Ouah... C'est hyper sérieux, dis-moi...*
- *Ouais... et ça me plaît. Je me range.*
- *Ouais, ben moi, je plane complètement, là... Et j'ai envie de continuer comme ça... Tu as le numéro de Léti ?*
- *Tu y penses vraiment ?*
- *Ouep ! C'est sans conséquence. On va conclure. Ness n'en saura rien. Ce sera cool. Je sens même que je vais passer un super moment...*
- *Non, j'ai pas son numéro... Demande-le à Léa...*
- *T'es dingue ! Il va falloir être discret... Si je le demande à Léa, ça arrivera, d'une manière ou d'une autre aux oreilles de Ness...*
- *Tu joues un jeu dangereux, mon pote...*
- *Ouais... Et alors ?*
- *Okay. C'est toi qui voit. Je m'en occupe... Je te tiens au jus plus tard. Mais t'es sûr de pouvoir gérer tout ça ?*
- *J'ai appris à bonne école !*

- *Ouais. Tape m'en cinq : j'y vais…*
- *A plus, frérot…*

Ce fut donc ce qui fut fait.
Étienne me remit le numéro de Léti. Je l'appelai dans la foulée. Elle était bien disposée à mon égard, en effet. Mais il fallait nous éloigner. Il ne fallait pas attirer l'attention. Il me fallait un alibi. Pour cela, je pouvais compter sur les potes… et sur Colyn. Elle prétexta une réunion familiale, qu'elle confirma d'ailleurs à Ness durant l'une de leur si longue conversation téléphonique. Notre relation les avait considérablement rapprochées. J'avais une confiance totale en elle. Nous savions pouvoir compter l'un sur l'autre.

Léti et moi décidâmes de nous voir chez son pote, un mec blindé dont les parents avaient une maison de vacances. Elle avait les clés. La maison était géniale, une de ces grandes baraques comme on peut en apercevoir dans les magazines, de celles qui vous font envie. De celles dont on se dit qu'il faut cela au moins pour s'offrir une bonne fin de semaine entre amis. Elle était colorée de bleus cyan, azur, roi et marine, sur deux niveaux. A l'entrée, un petit jardin très boisé, faisait office de fouillis de façade. A l'arrière, une piscine assortie au reste, entourée d'un deck parfaitement entretenu sur lequel reposaient divers vases et tapis jaunes de toutes formes disposait immédiatement à la détente. C'est là que nous avons commencé. Sur le deck. Nous venions à peine de déposer nos sacs. Elle s'est penchée, prenant appui sur la table de jardin couleur anis pour attraper je ne sais trop quoi. Sa jupe s'est soulevée. Il n'y avait rien en-dessous.

— *J'adore cette fille...*

Et puis, nous avons plongé dans la piscine.
Nous avons recommencé, mangé quelques fruits, fumé un joint, écouté de la musique et recommencé. L'après-midi est passée, ainsi...

— *Je pars...*
— *Il va bien falloir. Il se fait tard...*
— *Non... Je veux dire que je pars. On ne se reverra plus...*

Putain... L'aubaine. Je suis un veinard...

- *Non ? Sérieusement ?*
- *On a passé un super moment... C'était génial... Si l'occasion se présente, il nous faudrait recommencer. Je ne sais pas comment, ni quand mais il le faudra... T'en*

pense quoi ?
- *Je suis partant.*
- *Et ta petite amie ?*
- *Elle ne t'a pas trop gênée cet après-midi, je crois ?...*
- *En effet...*
- *Ben moi non plus. Tu reviendras par ici ?*
- *Je ne sais pas. On quitte l'île. Mes parents veulent s'installer aux États-Unis. Nous reviendrons certainement durant les vacances, voir la famille.*
- *Okay... Bon ben...*
-

Elle m'embrassa. Et pour la dernière fois, nous en remîmes une couche.
Une sacrée.
Et puis ce fut tout. Ou presque.
Jusqu'ici, je ne l'ai pas revue.
Une très bonne opération selon moi.

...

Emportés par la foule qui nous traîne
Nous entraîne
Écrasés l'un contre l'autre
Nous ne formons qu'un seul corps
Et le flot sans effort
Nous pousse, enchaînés l'un et l'autre
Et nous laisse tous deux
Épanouis, enivrés et heureux.

Entraînés par la foule qui s'élance
Et qui danse
Une folle farandole
Nos deux mains restent soudées
Et parfois soulevés
Nos deux corps enlacés s'envolent
Et retombent tous deux
Épanouis, enivrés et heureux...

...

Chanson française interprétée par Édith Piaf
(1957),
Paroles de Michel Rivgauche
Mélodie, valse péruvienne d'origine argentine
d'Ángel Cabral

La foule...

Est-ce vraiment utile de vous signifier que Ness n'en a jamais rien su ? Comment cela aurait-il été possible ? Quand bien même l'aurait-elle su, Ness et moi étions autre chose. Nous étions plus. Nous étions mieux. Elle ne pourrait que comprendre. Vous connaissez cette chanson d'Édith PIAF ? *« Entraînés par la foule qui s'élance, et qui danse, une folle farandole... »*.
Eh ben voilà. J'étais entraîné par la réputation qui était la mienne désormais, emporté par le flot d'une vague surkiffante sur laquelle je me maintiendrais aussi longtemps que je conserverais le contrôle de tout ça. Pourquoi en serait-il autrement ? Tout allait pour le mieux. Vous avez déjà été invisible ? Invisible au point que personne ne s'intéresse à vous. Vous n'existiez qu'au-travers des personnes que vous fréquentiez. Vous aviez beau parler comme tout le monde, porter les mêmes fringues, exécuter les mêmes gestes, rien n'y faisait: on ne vous voyait pas. Et puis, d'un coup, vous devenez le centre du monde, de toutes les attentions. Voilà ce qui m'arrivait. Vous auriez envie de laisser tout cela

de côté, vous ? Tant mieux pour vous. Parce que pas moi.

C'est ainsi que Ness et moi avons traversé les années collège : portés par la foule. Puis le lycée. Parce que le lycée, bah… c'est le collège, en plus grand, en plus rempli. Inutile de revenir sur le détail du quotidien : je suis sûr que vous vous en souvenez. Allez… Faites pas semblants...

Bref.

Délicieusement bercés par les aléas administratifs, nous avons suivis ensemble la route tracée pour nous par l'administration de l'Éducation nationale. Nous approchions de la fin. Cette route, nous en étions convaincus, ne nous conduirait pas à l'université.

De l'amour, il y en avait. Il y en aurait encore. Je voulais faire ma vie avec Ness. Elle me rassurait. Elle me protégeait. Je me sentais chez moi avec elle. Je n'avais pas besoin de faire semblant. Elle aimait tout ce que j'étais. Il m'arrivait franchement ~~de la traiter comme une merde de~~ n'être pas très respectueux. La pression. Elle comprenait. Elle laissait couler. Elle m'aimait. Et je l'aimais de m'aimer aussi fort. Étrangement, malgré le fait que nous étions toujours fourrés l'un avec l'autre, je ne l'avais pas présentée à ma famille. Je ne compte pas Colyn bien sûr. Elle est bien plus que cela. Elle est ma sœur. Elle est mon autre.

Non, je parle de mes parents. Je ne suis pas sûr que Ness leur convienne.

Mes parents bossent souvent. Mes parents bossent dur. Il y a toujours eu un tas de tatas pour prendre le relais de leurs absences, fréquentes, normales. Elle n'a jamais pesé leur absence. Elle aurait pu être plus sympa avec plus d'espaces, si j'avais pu, moi aussi, organiser des fêtes à la maison. Mais elle n'a jamais pesée. Tout ce que nous possédions venait de là, de ça, de leurs engagements, absences comprises. Ma mère en était incontestablement le pilier. Elle était le pilier de la famille. Aujourd'hui encore, c'est qui gère tout. A l'époque, ils étaient à la tête d'un négoce de tissus qu'ils avaient développés à force de foi, d'intelligence et de travail. Après quinze ans de labeur, elle occupait une place remarquable sur le marché. Ils se sont retirés des affaires il y a peu, épuisés et heureux, ensemble toujours.

Quoiqu'il en soit, et pour en revenir à Ness, jolie mais sans ambition, elle ne risquait pas de lui plaire. A ma mère. Le fait que j'en manque moi-même ne la gênait pas. J'étais son fils. Elle ne me critiquait guère, n'émettait jamais le moindre reproche, m'aimait tel j'étais, me le disait autant que possible, quand elle était là. J'étais son unique enfant. Elle me pensait capable de me sortir de n'importe quelle situation. Elle m'avait éduqué en ce sens : pas de complainte, pas de larmes, pas de détours. Avancer. « Use de cette faculté d'adaptation qui jusqu'ici ne t'a jamais fait défaut » m'a-t-elle dit un jour, « elle te sera toujours utile». Je n'étais pas ambitieux. Pas encore. Je n'avais, à l'époque, aucune idée de ce que je ferai de ma vie. Il me semblait même intolérable de s'embarrasser de ce type de prévisions. Je ne savais pas ce que me réservais l'avenir, je m'en fichais mais j'aimais trop mon aise, j'aimais trop la belle vie, pour ne rien en faire. Ma mère le sachant, me laissait faire, ne disait rien, n'intervenait pas. Il était, de toute manière, inutile de me réprimander : l'idée de perdre de son estime suffirait toujours à me remettre dans le rang.

Ness, donc, assurément, ne répondrait pas à ses attentes. Elle m'a assez rapidement présenté à ses parents, des gens sympas. Je leur ai fait bonne impression. Elle a perdu son père très tôt, très jeune. Elle a grandi avec son beau-père et sa mère, une femme charmante, dans tous les sens du terme, souriante, accueillante. Son beau-père était mécanicien pour une marque française. Il trafiquait quelques moteurs au noir, pour arrondir les fins de mois. Elle était secrétaire médicale.

Avec elle, j'ai eu de grandes discussions sur la famille, les enfants, le foyer, l'avenir, le métier que j'envisageais, un truc manuel, mécanicien ou quelque chose dans le genre, je lui ai répondu...

- *Il faudrait peut-être, tu sais... Que tu saches. Le temps passe vite. Un jour, on se réveille et on regrette...*
- *Non, Madame, je ne crois pas... Une fois que je saurai ce que je veux, je le ferai. Ne vous inquiétez pas.*
- *Ness et toi vous amusez beaucoup. Mais, comme je le lui ai dit, il faut qu'elle sache où elle va. Elle va avoir 18 ans et, jusqu'ici, sa seule ambition est de quitter la ville. Elle veut vivre à Paris, sans savoir encore ce qu'elle y fera. En vérité, ici, c'est tout de même plus facile ici que là-bas...*
- *C'est sûr mais ce n'est pas, selon moi, une raison suffisante de rester, de ne pas essayer ailleurs.*
- *Tu veux être avec elle ? Tu partirais avec elle ?*
- *Oui. Je pense...*
- *Tu penses ? Qu'envisages-tu avec Ness, Seth ? Elle est vraiment amoureuse de toi. Même si elle essaie de s'en cacher. Elle ne parle que toi. Que de vous. Elle ne voit*

l'avenir qu'avec toi...

- ...

- *Elle veut vite avoir des enfants, fonder une famille... Toi, que veux-tu ?*

- ...

La vérité est qu'elles commençaient à me faire flipper. Sans rire. Ness ne parlait que de ça : Paris, la grande vie, un appartement, autant de trucs inaudibles parce que prématurés....

Nous avons surfé sur le lycée comme nous l'avait fait à la fin, au collège : populaires et fêtards. Notre couple est devenu une référence notamment du fait de sa longévité - ils ne sont pas nombreux les couples vieux de quatre ans au lycée. Nous étions partout, invités partout, attendus partout, pourquoi se prendre la tête ? Tout allait pour le mieux ! C'était la fête.
La bande avait survécu au départ d'Étienne. Il était brillant, Étienne II l'a toujours été. Étienne voulait faire médecine, aider les plus démunis, faire le tour du monde... Entre deux pétards, il nous racontait ses rêves, l'envie d'être utile, comme ses parents. Plus encore. Plus loin. Il était vraiment brillant. Jamais second. Toujours le meilleur. Cela ajoutait à son charme. Nous n'avions plus de nouvelles depuis quelques

années. Il ne nous a pas suivis au lycée. Selon Étienne, il n'y avait ni hasard ni gré de vent : son avenir, il fallait le préparer. Et il fallait le faire maintenant. Il foutait le dawa, emplissait des foufounes, brisait des cœurs, surtout à la fin et puis venait l'heure de rentrer, de travailler : concentration, bibliothèque, bouquins, abstraction. Il s'est inscrit dans l'un des meilleurs lycées des environs. Pour être parmi les meilleurs. C'est comme cela qu'il nous a vendu sa volonté de nous quitter. On s'est revu un peu, au début. Il nous soûlait avec ses horaires, son travail, la rigueur et Léa. Il s'en est rendu compte et a cessé d'entrer dans les détails. Au bout d'un an, on a fini par se croiser puis par ne plus se voir. J'imagine qu'il s'est fait de nouveaux potes. Comme je le connais, il doit briser quelques cœurs…

Ou pas.

Les rares fois où nous nous sommes revus, il m'a beaucoup parlé de Léa. Il s'étaient trouvés. Ils partageaient les mêmes désirs… altruistes, pour reprendre ses mots. Elle voulait être avocate, spécialiste des Droits humains. Ce me semblait dingue d'avoir des ambitions aussi démesurées aussi jeune. Ils sont mariés depuis plus d'une décennie. Ils vivent en Asie aujourd'hui, au Bangladesh, je crois. Ils sont heureux. Ils sont exceptionnels. Étienne est exceptionnel. Je l'ai toujours su. C'est pour ça qu'il était mon meilleur ami.

Nouvelle vie

André, Claude, Gilles et moi, ceux qui restait des Inséparables, nous sommes tous installés à Paris. Colyn nous a accompagnés. Elle a fréquenté Claude. Elle est sortie avec Gilles. Cela n'a pas duré. Ils sont restés proches. Gilles lui conserve beaucoup d'admiration, un affection protectrice. Il la respecte profondément. Comme nous tous.
André, Gilles, Claude, Colyn, Ness et moi. La bande des six.
Notre baccalauréat en poche, nous avons commencé par bosser. Histoire d'avoir des sous, de subvenir à nos besoins. Petit à petit, d'autres ambitions se sont dessinées. André s'est inscrit en fac. Il a été suivi de peu par Gilles. André a choisi l'Anglais. Gilles l'Espagnol. Claude est entré dans une école de formation au métier d'infirmier. Colyn, après trois années de Langues étrangères appliquées est devenue hôtesse de l'air pour une grande compagnie aérienne. De mémoire, c'est ce qu'elle a toujours voulu être. Ness est devenue hôtesse aussi. D'accueil. Elle passe d'entreprises en entreprises, guidée par une sorte de centrale téléphonique et semble s'y

plaire.

J'ai longtemps fait comme elle, vivoter, jusqu'à ce que je croise la route de Jeanne. Jeanne, c'est l'archétype de la belle femme froide, hautaine, énormément d'allure, la quarantaine, tellement chaude en-dedans qu'il lui faut étouffer sa volupté par des vêtements strictes pour la retenir de vous éclabousser. Elle m'a regardé. J'ai fait de même. Nous nous sommes compris. Nous avons pris, sans grands mots ni beaux discours, la premiére chambre disponible et avons passé un après-midi à baiser. Plus tard, en début de soirée, elle m'a annoncé bosser pour une agence de mannequin. Elle me trouvait intéressant. J'avais quelque chose, selon elle. Le lendemain, nous faisions une séance photo. Ma désinvolture, ce regard « *débordant d'angoisses juvéniles* » lui a plu. Mon visage accrochait la lumière. J'avais ce qu'elle appelle, ce que le métier nomme toujours, une gueule. Elle aimait la posture. Elle aimait que je prenne tout cela à la légère. Cela se voyait et me donnait un style, d'autant plus précieux qu'il m'était naturel. Je devenais mannequin. C'était un métier comme un autre, un boulot dont je pourrais me satisfaire d'autant que Jeanne était – en plus d'un bon coup - un excellent agent. Mon premier contrat, pour une marque de chemises, m'a rapporté 10 000€.

10 000 €.

Pour mon caractère et ma gueule. Hallucinant.

Je n'ai jamais compris ce mot.

Je ne l'ai jamais apprécié non plus.

On utilise le même pour les chiens.

Devenir le plus parfait des connards

`

Petites bêtes

- *J'ai des pertes bizarres. Mon gynéco dit qu'il s'agit de chlamydias. C'est quoi, cette merde ? Tu peux m'expliquer ? Tu peux me dire ce qui se passe ?*
- *Mais de quoi tu parles ?*
- *Cesse de me prendre pour une conne, Seth ! Avec qui es-tu allé fricoter pour me ramener ça à la maison ?*
- *Mais de quoi veux-tu parler ? Je ne comprends rien à ce que tu me dis…*
- *Ça ne s'attrape pas comme un rhume, Seth ! Il ne suffit pas de partager la même pièce pour en attraper. Il faut coucher, sans se protéger. Je ne couche qu'avec toi ! C'est donc toi qui m'as refilé cette merde ! Avec qui tu as fricoté ? Qu'est-ce que tu as fait ? Comment oses-tu ? Comment peux-tu être aussi inconséquent ? Comment peux-tu me manquer à ce point de respect ? Nous aurions pu en discuter, Seth. Nous nous connaissons depuis que nous sommes gamins. Aller voir ailleurs, dans ces conditions, c'est dégueulasse. Oser le nier,*

c'est pire.   Comment peux-tu ? Comment
oses-tu ?

- *Calme-toi, Ness. Écoute...*
- *Je n'écoute rien du tout ! Qui c'est ? Je la*
  connais ? C'est la première fois ? C'est une
  de ces putes que tu croises sur les shootings,
  c'est ça ? Qui c'est, Seth ? Qui c'est ?
- *Il n'y a personne, c'est...*
- *Arrête, Seth ! Sois honnête, bordel ! Dis-moi*
  la vérité. Tu ne crois pas que je la mérite. Tu
  ne crois pas que ce que nous sommes mérite
  la vérité. Est-ce que tu l'aimes ? Depuis
  combien de temps est-ce que ça dure ? Dis-le
  moi, Seth. Parle. Explique-toi.
- *Écoute, je suis épuisé. Je n'ai sincèrement*
  pas envie de parler de cela maintenant...
- *Ah oui ? Et quand ? Quand Seth ? J'ai besoin*
  que l'on parle. Il faut que l'on parle.
  MAINTENANT. Tu entends J'ai...
- *Je t'ai dit n'avoir pas envie de parler*
  maintenant. Tu as compris ? Je n'ai pas envie
  de parler.
- *Seth, nous...*
- *Très bien : je m'en vais.*

Qu'est-ce que c'était que cette merde ? D'où
pouvait bien venir cette infection ? Il fallait
changer de manière de faire. Il fallait changer de
mode opératoire. Celui-ci n'était pas le bon. Trop

insécurisant. Quand était-ce arrivé ? Qu'aurais-je bien pu lui raconter ? La journée avait été pénible. Je n'avais franchement pas besoin de me faire incendier après une journée de shooting. J'avais besoin d'air. C'est étrange. Ce comportement est tellement éloigné de son comportement habituel...

La carrière de Ness n'avait... comment dire... jamais décollé. Ce n'était pas son objectif. Elle voulait des enfants. Nous voulions des enfants. Nous voulions beaucoup d'enfants, une grande famille, un beau foyer dont elle s'occuperait. Je voulais ce qu'elle voulait pourvu que ce qu'elle voulait n'entrave pas mon existence. Nous avions une vie plus que convenable. Nous habitions un chic appartement. Elle semblait heureuse. Elle ne me posait pas de question. J'avais une sainte horreur des questions, des crises de jalousie, elle le savait. Jamais je ne la questionnais sur ce qu'elle faisait à l'extérieur. J'en attendais autant d'elle. Jamais, pas une fois, elle ne m'a questionnée sur mes activités extérieures. Sans doute parce que Colyn couvrait mes arrières. Peut-être aussi parce qu'elle est folle de moi. Parce que j'étais tout pour elle. Elle me le répétait si souvent. Par égard pour elle, j'ai donc toujours respecté une certaine bienséance.

Une fois seulement, les choses sont un peu... parties en vrille mais vous allez vite comprendre pourquoi.

Un soir, il y a longtemps, tandis que nous buvions un verre entre potes, j'ai croisé Léti.

Vous vous souvenez de Léti ?

Entre nous, c'était électrique à l'époque, ça l'est resté. Elle était de passage. Elle est restée cinq jours. Cinq jours intenses au bout desquels j'avais eu du mal à la quitter. J'avais déserté la maison. J'ai été moins présent. Cela n'avait rien d'inhabituel : des séances phots pouvaient me retenir plusieurs jours loin ailleurs, dans le pays, dans le monde. Ness ne m'en a donc pas tenu rigueur. Ou si.

Il me revient en mémoire une question, sur une trace, une tâche sur mon pantalon. Question que j'ai éludée. Question sur laquelle elle n'a pas insisté. Ness avait confiance en moi. Elle avait confiance en nous. A ce moment-là, pour moi, l'essentiel était ailleurs.

L'essentiel était Léti, cette nouvelle aventure, la baise, intense. Partout. Tout le temps. Et puis Léti est partie. Je ne l'ai pas revue depuis.

Qu'est-ce qui s'est passé ?
D'où venait cette merde ?

Il me fallait voir un docteur, me faire soigner. Je me protégeais pourtant. Sauf peut-être… Jeanne. Ce ne pouvait qu'être Jeanne...

- *Tu as quelque chose, Jeanne...*
- *Non... Tout va bien.*
- *Ce n'est pas ce que je veux dire... Il y a quelque chose. Tu portes quelque chose. Tu es infectée par...*
- *Oui. Il me semblait avoir compris ou tu voulais en venir et je te répète que non, je n'y suis pour rien. Je t'invite à ne pas persister sur ce sujet : il me dérange.*
- *J'imagine. Le fait est que si j'ai infecté ma femme, cette infection doit bien provenir de quelque part. Nous couchons ensemble régulièrement. J'ai pensé à toi. Il n'est pas question de te déranger. Simplement de t'interroger. Pour en savoir plus. Je ne sais, après tout, pas avec qui d'autre que moi, tu couches...*
- *C'est fin, Seth. Bien tourné. Bravo. Je te félicite de ta délicatesse. Ce que je fais avec d'autres que toi ne te regarde en rien. Ce que tu ramènes chez toi ne m'intéresse pas plus. Nous allons régler le problème définitivement : je ne veux plus te voir. Ni ici. Ni ailleurs.*
- *C'est-à-dire ?*

- *Notre collaboration est terminée, ce, en tous points de vue. Je crois que je n'ai plus du tout envie de voir ta gueule dans les parages. Je crois d'ailleurs en avoir marre des petits connards de ton espèce. Mais pour qui te prends-tu ? Si je n'avais que cela à faire, j'aurais bien passé quelques coups de fil pour te donner du fil à retordre et t'apprendre le respect. Tiens ? Qu'est-ce qui 'empêche de te rendre la vie un peu plus compliquée que tu ne l'as eu ces dernières années ?*
- *Tu pousses un peu, Jeanne... Je voulais simplement...*
- *Tu voulais quoi ? Qu'est-ce que sont que ces questions ? Quel est ce comportement ? Comment se fait-il que ta première réaction soit de quêter celle qui t'a infectée plutôt que savoir ce que tu portes de mauvais germes en toi ? As-tu déjà vu un médecin ? Sans doute pas .Par contre, tu viens ici, m'interroger sur mon corps, sur ma vie. Alors voilà : il me faut te rappeler d'où tu viens, qui tu es et à qui tu le dois.*
- *Je n'aurais pas...*
- *En effet, tu n'aurais pas dû. A propos : je me suis toujours protégée en couchant avec les petits cons. Justement parce que vous n'êtes que des petits cons, prêts à sauter sur tout ce*

56

qui bouge. Pour le reste, prends la porte et va te faire dépister.

C'était vrai. Son cylindre de latex. Pas de capotes avec Jeanne, parce que c'est elle qui les portait. Quand elle ne l'avait pas installé à l'avance, elle s'amusait de ma maladresse, de la peine que j'avais à l'insérer.
Retour à la case départ.
Je ne savais pas qui m'avait infecté et je n'étais pas prêt d'y voir clair. Ce qui arriva très vite cependant, ce fut l'annulation de deux gros contrats. Et ce n'était qu'un début. Jeanne m'avait grillé. Ce boulot ne m'intéressait pas suffisamment pour me battre pour le conserver. Après quelques années, quatre années à peu de choses près, ma carrière de mannequin touchait peut-être à sa fin.
Le pire restait à venir.

Quelques mots d'amour

Tu sais que je t'aime.
Tu sais que toute ma vie je n'aimerais que toi. Tu
sais tout ce que tu représentes pour moi. Et
pourtant, pour toi, je ne représente rien.
Ou si peu de chose.
Sinon, pourquoi aurais-tu fait cela ? Pourquoi
me traiterais-tu ainsi ? Pourquoi ne sommes-
nous pas mariés ? Pourquoi je ne connais que si
peu tes parents ? Pourquoi je ne ressens rien de
toi ?
Je suis plus qu'une garantie, Seth . Je suis plus
qu'une assurance-vie. Je suis plus qu'un projet,
plus qu'un programme, je suis une personne.
Je suis une femme, qui t'aime,
inconditionnellement, depuis trop longtemps. Je
ne peux plus, je ne veux plus, je refuse, de tout le
courage qu'il me reste, le peu que tu m'offres. Je
le refuse d'autant que j'ai perdu l'enfant que nous
portions. Je ne sais absolument pas le rapport
qui existe entre cette fausse-couche et l'infection
dont tu n'as pas voulu parlée.
Je n'en sais rien.

*Ce que je sais c'est qu'elle constitue une limite
au-delà de laquelle j'estimerai mon amour-
propre définitivement réduit à néant.
Je ne peux pas arriver-là. Je ne veux pas en
arriver-là.
Je te quitte, Seth.
Je te quitte pour me retrouver. Je te quitte pour
réapprendre à (m') aimer.
Laisse-moi partir.*
Ness

Un club

- *Tu te traînes, Seth. On dirait un mort-vivant...*
- *Fous-lui la paix... Tu sais bien que c'est la merde pour lui, ces temps-ci. C'est dur ce qui t'es arrivé. Tu as reçu des nouvelles ?*
- *Non. Je ne cherche pas vraiment à en avoir. C'est mieux comme ça...*
- *Bon ben, si c'est mieux comme ça, change de tête, mec !*
- *Laisse... N'en parlons plus... Dites-moi plutôt : comment ça se passe ? On ne s'est pas vu depuis un moment. Il y en a une nouvelle ?*
- *Ouais... Une nana superbe. Elle est passée à la maison. Avec une amie. Et nous avons passé un super moment...*
- *Ta femme n'était pas là ?*
- *Non. Partie pour un séminaire ou un truc dans le genre. C'était chaud, mec. Tellement explosif que j'ai cru que j'allais éjaculer un feu d'artifice !*
- *Ah, ah, ah !...*
- *Wow... Salut, ma belle.... Ouuuh... Jolies jambes, à quelle heure elles ouvrent?*

- *Ha, ha, ha... Eh bien voilà ! Tu reprends du service !*
- *Ouais... J'en ai un peu marre les mecs de fricoter par-ci, par là. On est trop vieux pour ces conneries-là. Du coup, il n'y a pas longtemps, j'ai eu une idée...*
- *Ouais ! Moi aussi, je viens d'avoir une idée de ce que je vais faire ce soir. Avec cette fille-là !*
- *Ha, ha, ha !!*
- *Non, sérieux ! Plutôt que de rencontrer les filles à l'arrache, comme ça, on devrait formaliser les choses, s'organiser un truc, rien qu'à nous. Rien d'énormes, vous voyez. Juste la possibilité de rencontrer quand on veut, comme on veut et comme on aime, des filles qui voudraient bien jouer le jeu. Je suis seul. Je suis libre. Je vais en profiter à fond.*
- *Une sorte de club, tu veux dire ?*
- *Ouais... Une sorte de club...*

Une année plus tard

Plusieurs mois ont passé. Des mois qui sont devenus une année.

Longtemps, Ness m'a terriblement manqué. Elle m'a connu à une époque où je n'étais rien, ni personne. Elle a fait de moi quelqu'un. C'est par elle que mon existence à changer au collège, puis au lycée et ensuite. ~~Elle a donné un sens à ma vie, il me faut bien l'admettre.~~ Tandis que je devenais un homme, tandis que l'absence de mes parents me pesait plus que je n'aurais jamais osé le dire, tandis que mon corps changeait, pas toujours pour le meilleur, elle était là, à côté de moi, guettant mes failles, les comblant d'attention malgré la défiance de quelques, non de plusieurs, membres de mon entourage, malgré l'appréhension des siens. Je lui ai dit, je l'ai déjà dit mais je ne le dirai jamais assez : toutes les autres ne comptaient pas. Toutes les autres n'avaient pas comptées. Il n'y avait qu'elle. Il n'y avait jamais eu qu'elle. Elle n'a pas compris. ~~Elle m'a pris pour un con.~~ Elle est partie. Je ne l'ai jamais rappelée. Pourquoi faire ? Pour quoi dire ? Je savais par Colyn qu'elle prenait régulièrement de mes nouvelles. Je savais qu'elle tentait de construire quelque chose avec quelqu'un, que cela n'avait pas marcher fort. Peut-être du fait de ses sentiments pour moi.

Un année est passée et ce jour-là, chez Colyn, nous nous sommes croisés…

- *Salut !*
- *Salut.*
- *Comment vas-tu ?*
- *Bien.*
- *Que fais-tu maintenant ?*
- *Rien de particulier.*
- *Seth…*
- *Écoute : j'ai des trucs…à faire. Tu vois ?*
- *Non, pas vraiment. Tu vas rester un moment ?*
- *Je ne sais pas. Je n'en suis plus très sûr là, d'un coup.*
- *Seth…*

Mon autre

Ma cousine et moi avons toujours été proches. Colyn est mon âme sœur, mon autre, je l'ai déjà dit. Nous avons grandi ensemble. Nos parents, souvent absents, nous laissaient ensemble Colyn, sa sœur et moi. Nous avons partagé nos tatas, notre enfance, nos secrets, très tôt. Ce lien qui unit est bien plus fort qu'un lien familial : il s'agit d'osmose. Elle a tout su de la première fois, de mes premières fois, elle était souvent à la manœuvre. Elle faisait mes devoirs – c'était une excellente élève – je lui apprenais à être un mec. Elle faisait partie intégrante de la bande. Pas en tant que fille. Elle était l'une des nôtres, en bien pire, plus mesquine, plus violente, plus brutale.
Colyn est fidèle en amitié. Très fidèle. On lui pardonne donc ses perfidies. Perfidies qu'elle réserve d'ailleurs à la faiblesse. Perfidie dont elle use jusqu'au bout. Jusqu'à ce que l'autre en souffre ouvertement ou qu'il gagne la partie. Perfidie qui dit tout ce qu'elle a appris à cacher, tout ce qu'elle a appris à dominer pour continuer de mener le jeu des conventions suivant les règles que l'on nous a enseignées. Une fois la guerre

engagée, elle la mène jusqu'au bout. Vicieuse, sans concession, l'autre en sort vainqueur et allié ou vaincu et vite disparu. Je me souviens cette histoire, avec un ex, un type dont je ne me rappelle même plus le nom tant il était invisible, inutile, qu'elle a surpris avec une autre nana. Elle s'est approchée et l'a embrassé sans un regard pour la pauvre fille complètement déstabilisée...

- *On se voit dans une heure. Pour déjeuner. Okay ?*
- *Okay...*

Le pauvre...
Il est arrivé, fanfaronnant comme le coq du village. Il s'est approché, l'a embrassée, pour marquer son territoire. Elle lui a rendu son baiser. Il allait s'asseoir face à elle, lorsqu'elle a saisi sa fourchette qu'elle lui a plantée dans la main posée sur la table :

- *Que cela ne se reproduise plus jamais, tu m'as compris ? Tu me fais honte...*

Il hurlait lorsqu'elle a quitté le petit restaurant. Elle l'a quitté peu de temps après : elle l'effrayait, il la dégoûtait.
Colyn est fidèle en amitié. Elle adore recevoir,

les potes, nouveaux, anciens, dans une bonne ambiance, comme avant, chez ses parents souvent absents. Son appartement est rapidement devenu un carrefour, un lieu de fête, de détente, l'endroit où se poser en fin de semaine, un havre de paix, un cabinet de psy, un confessionnal.

Elle savait écouter. On lui racontait tout. Pourtant, personne ne savait.

On se racontait nos vies, ce qui allait bien et ce qui allait moins. Nous avons parlé de Ness, bien-sûr, de notre relation, de la fin, devenue une certitude, devenue préférable. Nous avons parlé du manque qui ronge, le ventre, la gorge. Nous avons parlé d'elle, de sa relation avec André, de celle plus sérieuse avec Gilles, de leur caractère immanquablement éphémère. Ils ne lui plaisaient pas. Pas plus que les autres. Personne n'avait su.

Il était hors de question que l'on sache qu'elle l'aimait depuis l'époque, depuis le collège, depuis toujours. Elle m'a dit être heureuse de notre séparation parce que je la rendais malheureuse et que cela, malgré tout l'amour qu'elle me portait, elle ne pouvait plus le supporter. Elle m'a dit qu'elle en crevait de la savoir si férue. Elle m'a dit sa jalousie. Elle m'a fait promettre de l'aimer mieux ou de la laisser en paix.

Je lui ai promis. De tout cœur. J'ai fait au mieux. J'ai fait comme j'ai pu. Je continue d'ailleurs, de

faire au mieux. Parce que Colyn est bien plus qu'une sœur pour moi. Elle est bien plus que ma famille.
Elle est mon autre.

Une histoire vraie

Pourquoi ce qui n'a pas fonctionné avec André, avec Gilles, a fonctionné avec Joël ? Franchement, que peut-on répondre à cette question ? Qui peut répondre à cette question ? On ne sait jamais pourquoi ça marche. Ça marche, c'est tout. Cela vous tombe dessus : c'est le bon moment, le bon endroit, la bonne personne. Entre Colyn et Joël, ça a marché. Et depuis ça dure. Cela continue de fonctionner : tant mieux. Je ne sais pas ce dont Joël est au courant. Peut-être sait-il. Sans doute est-ce pour cela que leur couple fonctionne. Ce dont je suis sûr, c'est la vérité du sentiment qu'ils entretiennent. Il y a un profond respect entre eux. Il existe un lien qu'il m'est impossible de définir. Ce doit être l'amour. Il existe entre eux une sorte d'accord, de complétude. Ce lien l'apaise, la rend heureuse, les rend heureux. Colyn est forte mais pas au point d'assumer cela, ce qu'elle est. Pas face à la famille. Elle est forte mais pas au point de contester une certaine bienséance. Joël le sait. Il accepte d'être l'alibi. Il la préserve. Il la protège.

- *Écoute... Je n'ai plus envie de parler de ça... Cela fait quoi... Bientôt deux ans maintenant... Je suis passé à autre chose...*
- *A quoi, au juste ?*
- *Tu m'emmerdes... Colyn, c'est du passé. C'est bien ce que tu voulais, non ?*
- *C'est bien ça le problème. Dès que l'on te parle de choses sérieuses, ça t'emmerde...*
- *Non, ce qui m'emmerde, c'est lorsque l'on cherche à me caser, à m'enfermer. Je suis heureux, Colyn. Je suis seul, libre et heureux. Ness semble se porter au mieux...*
- *Comment le sais-tu ?*
- *Euh... Tu m'en as parlé... Il n'y a pas longtemps. Tu as oublié ?*
- *Oui.*
- *Et pourtant. C'est bien toi qui m'en a parlé. Ou peut-être Gilles, tu as raison. Je m'embrouille. Peu importe.*
- *Mouais... Tu ne me cacherais pas quelque chose ?*
- *Comment pourrais-je te cacher quoi que ce soit ?!*
- *Mouais... Bref. On sort ce soir. Une nouvelle boîte. Ça te dit ? J'ai croisé une pote du lycée. Je l'ai invitée. Elle est cool. Tu viens avec André, c'est ça ? Gilles m'a dit qu'il est*

pris.

- *Ouais. Elle est comment ?*
- *Qui ?*
- *Ta copine du lycée ?*
- *Elle n'est pas pour toi. Ce n'est pas ton genre...*
- *C'est-à-dire pas mon genre ?*
- *Juste pas ton genre.*
- *Jolie ?*
- *Très.*
- *Hétéro ?*
- *Clairement.*
- *Alors, c'est mon genre.*

La chaleur de l'instant

Comme à son habitude, Colyn avait été retenue. Notre rendez-vous fixé à 21h30 avait donc été reporté d'une heure. André et moi avons bu un verre, avant de rejoindre le *Trap*, la boite de nuit en question, la dernière tendance. Le décor, rouge par endroits, feutré, douillet, lumière tamisée, orangée, enfumée, rappelaient nos sauteries adolescentes. Il installait l'ambiance, promettait l'ivresse. Le propriétaire avait le sens de la fête.

Il me faudrait conserver cette idée...

L'endroit était immense sur plusieurs niveaux, sans que ce ne soient véritablement des étages, tous 'séparés' par un jeu de couleurs toujours chaudes, toujours tamisées. Au dehors, les futurs habitués étaient accueillis par une sorte de jardin tropical, du gazon, des fleurs, des palmiers.

Comment tiendraient-ils l'hiver ?

La queue était longue, gorgée de femelles moulées dans leurs minijupes et de mâles en costumes amidonnés. Tenue correcte exigée. Nous en étions lorsque Colyn est arrivée, avec Grace, sa meilleure amie, l'une des plus anciennes rencontrées ici, peu après notre arrivée et une nana, magnifique.

Elle portait une robe noire sous sa veste bordeaux. Sa robe, en coton léger, très près du corps, laissait apparaître des es formes toutes mieux placées les unes que les autres. Elle était presque trop mince mais la largeur de ses hanches atténuait le sentiment d'absence provoqué par de trop petits seins. La robe tombait juste sous ses genoux, fluide sous son manteau à la coupe épurée. Elle portait des sandales à talons noires, les mains dans ses poches, les yeux sur l'horizon et dégageait une sorte de… douceur malgré l'ombre épaisse de son regard cendré, très cendré, seul maquillage visible avec peut-être un rien sur les sourcils et sur les lèvres. Tout était concentré sur ses yeux.

J'étais sous le charme.

Elle ne m'a pas remarqué.

- *Coucou les garçons ! Vous connaissez Grace. Je vous présente Téva, une copine de lycée !*
- *Salut…*
- *Salut…*
- *Nous nous sommes rencontrées par hasard au boulot, il y a quelques jours…*
- *Enchantée de vous connaître…*
- *Je te présente André…*

- *Salut !*
- *Et Seth, mon cousin.*
- *Salut... J'ai déjà beaucoup entendu parler de toi.*
- *En bien j'espère ?*
- *Pourquoi ? Il y a du mal à dire ?*
- *Me concernant ? Aucun !*
- *Tu sais que c'est un peu suspect une personne dont on ne dit que du bien... L'unanimité a toujours quelque chose à cacher...*
- *Je serai donc l'exception qui confirme la règle...*
- *Ouais, ouais... Je disais donc: j'ai croisé Téva à l'aéroport, il y a quelques temps. Cela faisait quoi ? Dix ans que l'on ne s'était pas vues... Non. Un peu moins quand même... Je me sens vieille tout d'un coup...*

Nous avons commandé un rhum vieux, ambré, qu'ils servaient avec une portion de canne à sucre. Puis un second. Et un dernier, avant la conquête de la piste, où nous faisions les fous depuis plusieurs minutes quand la musique s'est assagie.

Je l'ai invitée.

Elle a acceptée.

Elle avait cette façon particulière de me ceinturer,

très bas dans le dos, l'autre main, chaude, sur mon bras, comme une caresse. Elle s'est blottie contre moi, comme un chaton. Et j'ai senti un frisson me parcourir le corps. Je l'ai attrapé par la taille, pour l'attirer plus près. Nous nous faisions face. Une chanson. Puis une autre. La musique coulait mais je ne l'écoutais plus. Je la fixais avec intensité, cherchant à capter son regard, pour savoir si elle ressentait l'effet qu'elle produisait. Elle a détourné le visage. Cette proximité lui paraissait peut-être trop rapide mais je ne desserrais pas mon étreinte pour autant. Elle a passé les bras autour de mon cou. Pour être plus à l'aise. Maintenir la main sur mon bras et ma poitrine devenait gênant. Il faisait noir, soudain, plus sombre en tous cas.

Il faisait chaud.

J'avais chaud.

Nous tournoyions au rythme de la musique. Et puis, je n'ai plus bouger. Elle me suivait. Elle suivait parfaitement mes mouvements. Elle dansait bien. Je sentais son corps, ses seins, ses hanches contre moi, ses cuisses sous sa robe fine ; je sentais son parfum, simple, subtil, un mélange d'écorces et de fleurs d'oranger, quelque chose de frais, de très féminin.

J'avais chaud.

Elle bougeait contre moi. Je l'observais. J'avais

envie de l'embrasser.

Elle leva une nouvelle fois les yeux vers moi. Elle le faisait quelquefois puis détournait la tête. Je l'ai senti frémir. Peut-être m'étais-je un peu... laisser-aller. Nous évoluions maintenant entourés de couples, blottis les uns contre les autres, au mouvement tellement discrets que l'on aurait pu penser qu'ils ne bougeaient pas. Pas plus que nous. Certaines postures étaient sans équivoques. Je la fixai toujours. Elle ne me regardait pas.

J'ai senti une goutte de sueur glisser dangereusement de mon front vers ma joue, contourner mon nez, mouiller mon menton, se suspendre un instant et… tomber.

J'avais chaud.

Je m'inquiétai de l'effet que produirait cette moiteur sur ma partenaire. La répulsion ? Le dégoût ? Des bruits ? Une odeur ? Elle a levé la tête. Je paniquais. Elle a détaché une des mains déposées, quelques minutes plus tôt, sur ma nuque, pour la passer sur mon visage et ainsi écarter, éponger la sueur qui y ruisselait. Elle a souri. Et puis elle a détourné les yeux.

C'est là, à ce moment précis que j'ai su que je voulais qu'elle soit ma femme. Je ne savais pas comment faire ni quoi dire pour l'intéresser. Il était clair que ce n'était pas le cas. Mais il fallait qu'elle soit avec moi, à moi. Je trouverai un moyen. Colyn m' y aiderait, bien qu'elle n'y semblait pas disposée. Elle nous observait du bar, depuis le début, en faisant mine de rien.

Une fille

- *Seth, ce n'est pas une fille pour toi. Elle est trop bien pour toi.*
- *Ça veut dire quoi, ça ? Je ne mérite pas les filles bien ?*
- *Non. Et tu le sais bien. Ou tu devrais le savoir.*
- *Sympa. Et dire que tu es ma famille. Je ne sais pas bien comment le prendre...*
- *Comme je le dis : laisse-la tranquille. Elle n'est pas pour toi. Tu n'y es pour personne...*
- *Qu'est-ce que tu veux dire ?*
- *Tu sais très bien de quoi, je veux parler. Tu me prends pour une imbécile, c'est ça ?*
- *Elle te l'a dit ?*
- *Bien évidemment.*
- *Ce n'est rien. Ça va passer. Cela ne va pas durer.*
- *Arrête tes conneries, Seth...*
- *Il n'y a plus rien entre Ness et moi...*
- *Tu sais que c'est faux. Ce lien entre vous est malsain. Incapables d'être ensemble. Incapables de vivre l'un sans l'autre. N'en rajoute pas. Laisse cette fille tranquille. Elle*

n'a pas besoin de ça. Elle bosse comme une
dingue pour...
- *Tu veux dire qu'elle est célibataire ?*
- *Seth, ça suffit !*
- *Elle est célibataire ? Putain !... Je suis un*
  sacré veinard !
- *Tu n'es rien du tout ! Laisse-la tranquille. En*
  tous cas, ne compte pas sur moi ! De toute
  façon, on se casse entre filles...
- *Vous allez où ?*
- *Nulle part...*
- *Vas-y ! Arrête...*
- *Nulle part, Seth... Je te laisse. On s'appelle*
  plus tard.
- *Si tu me dis où vous allez...*
- *Hors de question.*
- *Pas grave... Je trouverai !*

Il n'a pas été très difficile de découvrir qu'elles
partaient pour Ibiza. Une semaine. Le temps
commençait à être au beau. Et, bien que
bêcheuse, Téva était aussi une grande fêtarde.
C'est elle qui a proposé ce séjour aux filles, dans
l'hôtel d'un ami, un type qu'elle a rencontrée lors
d'une interview et à qui elle a plu
vraisemblablement. Téva est belle. Elle est
journaliste. Téva est une bombe que j'avais
l'intention ferme de secouer. Elles partaient la

semaine suivante. Je m'arrangerais pour être, sinon du voyage, au moins du séjour.

Le bouquet

Elles sirotaient , tout sourire, un cocktail en bikini, au bord de la piscine de l'hôtel lorsque j'ai débarqué en tong et bermuda, faisant plus ou moins d'ombre à leur soleil...

- *Putain, qu'est-ce que tu fous-là, Seth ?*
- *Je suis venu vous rejoindre...*
- *Pfff...*
- *Salut Grace ! Salut Téva ! Tu vas bien ?*
- *Ouais ! Super et toi ?*
- *Mieux quand je te vois...*
- *Il va falloir faire mieux que ça, Seth...*
- *Donne-moi un peu de temps et tu verras que je suis capable de tellement mieux...*

Elle a souri avant de détourner le regard. Je me suis servi un cocktail et nous avons papoté une partie de l'après-midi, avant que Téva ne nous abandonne pour terminer l'après-midi au spa, avec Colyn.

- *Tu vises la lune, Seth ?*
- *Au pire, je tomberai sur l'étoile de mon cœur...*

80

- *Arrête avec tes phrases à la con... Qu'est-ce que tu lui veux ?*
- *Je veux un truc sérieux, romantique. Je veux qu'elle soit ma femme. Je veux...*
- *Écoute... Cette nana-là n'est pas faite pour toi...*
- *Bon, ça, on me l'a déjà dit.*
- *Elle est du genre... « Je veux tout ». Tu vois ?*
- *Non, Grace, éclaire-moi...*
- *Elle est du genre, « je cherche un mec assez libre pour ne pas m'emprisonner, assez fort pour apprécier ma réussite, pour l'encourager... »*
- *Je l'aime déjà.*
- *Pfff.... Tu ne comprends pas. Ce n'est pas du tout le sens que tu entrevois. Toi, ce que tu te dis, c'est : « cooool... je vais pouvoir papillonner sans me faire emmerder ». Tu te goures. Téva veut tout. Elle veut de l'ambition en tout, y compris dans sa relation amoureuse, sa vie privée. Elle veut l'amour avec un grand A. Et l'esprit avec un grand E. Nous sommes bien d'accord sur le fait que ce n'est pas tout à fait toi...*
- *Je ne comprends pas bien ce que tu veux dire...*
- *Non ?*
- *Eh bien, je serai ambitieux, et tout, et tout...*

Je l'ai quitté boudeuse mais souriante, gloussant de ma déconvenue annoncée. J'ai perçu dans son discours, dans son regard que jamais, je ne réussirais à me faire cette nana. Elle venait de me lancer un défi. Non seulement j'allais me faire cette fille mais en plus, on allait vivre un truc. Elle serait LA prochaine. Et pour cela, j'allais sortir le grand jeu. Il y a des fleuristes ici ?

J'ai fait livrer vingt-quatre roses dans sa chambre, « *une pour toutes les années que j'ai manquées..* ». Et, tandis qu'elle lisait encore la carte, je toquais à sa chambre pour lui apporter la vingt-cinquième…

- *Pour marquer le début de « Nous »…*
- *Moui… C'est très mignon, Seth… Écoute… Tu…*

Je ne l'ai pas laissé terminer. Je l'ai embrassée, en ne cachant rien de l'envie que m'inspirait son trikini noir. Elle me rendit mon baiser avec fougue, glissa brutalement pour ôter mon bermuda , me ceintura la taille de ses jambes…

Non, non, non… Ce n'est pas ainsi que je l'entendais.

Il fallait calmer le jeu. Je voulais la faire languir. Je voulais qu'elle meurt d'envie de moi. Je voulais lui faire la cour. Je voulais prendre le temps de la gagner. Mais ses gémissements, le mouvement de ses hanches entre mes mains, la chaleur, l'humidité de son antre sur mon ventre : je l'ai prise là, contre le mur de sa chambre…

- *Cela faisait quelques mois que je n'avais pas fait l'amour… Cela m'a fait beaucoup de bien. Merci, Seth.*
- *Ah… Euh… Je…*
- *Je vais prendre une douche… Tu peux venir, si tu veux ?*
- *Euh… Non… Je…*
- *Okay… Bon… Eh bien … A tout à l'heure alors ? Tu viens bien avec nous ? A la fête ? Sur la plage.*
- *Euh… Ouais…*
- *Okay ! Eh ben à plus tard, alors !*
- *A tout à l'heure…*

Elle a couru vers la salle de bain.
J'ai ~~piteusement~~ quitté sa chambre.

C'est la fête

J'étais déboussolé, perdu. Je voulais que les choses durent. Je ne voulais pas que cela aille aussi vite qu'avec les ~~pétasses~~ autres. Je voulais qu'elle me fasse languir. Je voulais qu'elle se refuse.

Il y avait du monde. Le public était plutôt jeune. Je ne sais pas ce qu'il a pris celui-là mais il n'a pas du tout l'air de pouvoir le tenir très longtemps.... 23h et déjà défoncés. Comment finiront-ils la soirée ? Petits joueurs…

J'ai décidé d'arriver tard, qu'elle me cherche et m'espère... A mon arrivée, elle était enlacée par un mec, assez grand, vaguement musclé. Elle riait aux éclats. J'avais envie d'exploser la gueule de ce con.

Colyn s'est approchée...

- *C'est bien ce que je te disais : ce n'est pas une fille pour toi.*
- *On a couché ensemble, cet après-midi... Dans sa chambre...*
- *Oui, je sais. Et ?*
- *Tu sais ?*

84

- *Ouep.*
- *Qu'est-ce qu'elle fait avec ce mec ?*
- *Elle discute, vraisemblablement. C'est un copain de boulot. Ils se connaissent depuis la fac... Cela fait un moment qu'ils ne se sont pas vus...*
- *Ouais. Et ? En quoi est-ce nécessaire de le tenir comme ça ?*
- *Tu es jaloux, Seth ?*
- *Non... Non ! Mais... Pfff... Laisse tomber...*

Je les ai rejoins....

    – *Salut...*
    – *Salut !... Tu t'es bien reposé (Elle s'est retournée vers moi, m'a pris la tête entre ses mains pour embrasser voluptueusement. J'avais envie d'elle. Là. Maintenant...)*
    – *Ouais. Super. Salut...*
    – *Salut ! Pascal (Il me souriait le con...). Téva et moi étions à la fac ensemble...*
    – *Ouais... J'ai cru comprendre...*

Il me souriait, en me tendant la main et je le détestais d'être sympa, en plus. Il y a ou il y avait eu un truc entre eux. Il existe une alchimie propre aux personnes qui ont couché ensemble. Elle ne disparaît jamais. Alchimie palpable, dans le cas présent...

- *Je peux te l'enlever un moment ?*
- *Euh... ben non, Seth ! Pascal part demain. Si cela ne te dérange pas, je vais passer un moment avec lui. On va aller boire un verre ensemble. Ici, c'est trop bruyant... On a plein de trucs à se raconter. Tu veux nous accompagner ? Ce serait chouette...*
- *Euh... Non. Merci.*
- *Très bien. A demain !*

Elle m'a embrassé encore. Un baiser à réveiller un mort. Et puis, elle est partie, bras-dessus, bras dessous avec Pascal. Je n'en revenais pas.

Mais…

Non mais…

Qu'est-ce que c'était que ça ?

Une femme

Tout est allé très vite ensuite.
Nous sommes rentrés d'Ibiza et je ne savais sur
quel pied danser.

- *Colyn ?*
- *Ouais...*
- *Tu lui as dit quoi ?*
- *A qui ?*
- *Téva.*
- *A propos de quoi ?*
- *Tu sais bien...*
- *Ness ? Rien. Pourquoi ? Il y a quelque chose
  à dire selon toi ?*
- *Non. Et pour le reste ?*
- *Quoi ? Votre truc de dingue-là ? Rien. De
  toutes façons, rien ne dit que cela
  fonctionnera. Je trouve l'idée ridicule, cela
  dit en passant, trop exclusive. Celle d'une
  bande de queutards, quoi...*
- *Tout le monde est invité, Colyn. On exclut
  personne. Quoi ? Tu veux en être ?*
- *Je ne sais pas encore. A voir.*
- *La porte est ouverte.*

Un soir, elle m'a rappelé, pour boire un verre. Il y eu celui-là. Et puis il y en a eu un autre, plusieurs autres, d'autres moments torrides aussi. Elle était insatiable. J'aimais sa façon de m'embrasser, de goûter chaque parcelle de ma langue, de la caresser. Elle s'offrait. Elle était douce, patiente dans ses baisers. Elle prenait le temps d'écouter pour se donner entièrement. Elle n'avait aucune limite, dès lors qu'il s'agissait de prendre ou de donner du plaisir. Je tombais amoureux de cette femme-là. Et, sans m'en rendre compte, sans que rien ne se dise, nous installions une vie à deux.

— *Je vais me retirer un temps...*
— *Du projet ?*
— *Ouais...*
— *Ah...*
— *Colyn, je suis amoureux de Téva.*
— *Tu m'en vois heureuse. Tu ne la vois plus ?*
— *Non. Pas depuis plusieurs semaines. J'ai envie que ça marche. Avec Téva.*
— *Alors, tu sais ce qu'il reste à faire.*

Quelques mois plus tard, quelques mois seulement après Ibiza, nous prenions un appart' ensemble. Elle bossait dur. Elle ne faisait que ça, des heures durant, puis me faisait l'amour, comme on puise l'inspiration. J'avais encore quelques contrats intéressants. Je faisais quelques photos. Elle les commentait et se félicitait de vivre avec un sex-symbol. Nous en riions. Son boulot l'accaparait toute la journée, une partie de la nuit. Son boulot la passionnait. Son boulot l'affamait. Elle me revenait avide. Je craignais de ne pas lui suffire. J'avais peur de ce qu'elle pouvait faire loin de moi.

Une (autre) aventure

Un soir, elle m'a donné rendez-vous Métro
Galliéni…
- *Où va-t-on ?*
- *C'est une surprise…*
- *Notre resto préféré n'est pas loin, non ?*
- *En effet ! Cela fait partie de la surprise…*

Elle avait réservé une table. Nous avons mangé,
bu du vin, du champagne. Nous avions beaucoup
bu…

- *A quelle occasion tout ça ?*

Elle a souri….

- *Tiens. C'est pour toi ?*
- *Qu'est-ce que c'est ?*
- *Ouvre-la…*

C'était un petit paquet. Petit mais épais. Je
déchirais le papier blanc entouré de deux lacets
noirs et dorés. Trois CD ; de mes trois artistes
préférés.

- *C'est pour toi... Joyeux moitiversaire, mon amour... Cela fait six mois...*

J'étais ému, je m'en souviens encore. J'étais complément dingue de cette nana. Nous avons bu encore et puis nous sommes sortis, marcher. Fatigués, nous avons pris un bus de nuit, dans lequel nous avons fait l'amour. Elle s'est assise sur moi, a ouvert ma braguette, est allée et venue jusqu'à ce que je jouisse. Dans un baiser, elle a avalé mes gémissements, les siens. A la maison, nous avons recommencé. Elle n'en avait jamais assez. Je craignais de ne pas la satisfaire. Je me focalisais sur elle, pour tout donner, être sûr de la rassasier. J'avais tellement la frousse quelquefois que cela me bloquait. J'en étais furieux. J'en étais frustré. Elle me disait que cela n'avait aucune importance, que j'étais parfait. Que tout était parfait. ~~J'en étais... gêné.~~ Quand une ou deux journées passaient sans que nous ne fassions l'amour, je me demandais si elle m'avait trompée. ~~Je devenais agressif.~~ Elle rigolait. Et puis, elle m'embrassait. Et ses baisers m'enflammaient. Je me sentais en danger. Je n'avais pris sur rien. Je ne savais pas comment la retenir. Je voulais qu'elle soit à moi seul. Lorsque je le lui disais, elle me répondait que

91

c'était le cas : elle n'était qu'à moi. Mais ce n'était pas suffisant. J'étais sûr qu'elle avait couché avec Pascal, ce jour-là. Et combien d'autres ensuite ? Comment savoir ? Comment savoir si elle n'avait pas matière à comparaison ? Est-ce ce soir-là, après Pascal, qu'elle m'a choisi ? J'étais sûr qu'elle continuait de le voir. Je ne pouvais pas être celui qui la rendait si heureuse. ~~Elle devait avoir un amant.~~

Un voyage

J'aime voyager. Je ne sais pas si je l'ai delà écrit.
J'aime voyager. Changer d'espace. Respirer.
Découvrir d'autres gens, d'autres manières de
voir, de penser. Cela me vient de ma famille, des
voyages que nous avons faits ensemble, très tôt,
très souvent. Ou peut-être pas. Peut-être est-ce
moi, mon caractère, ce que je suis à l'intérieur. Je
n'ai jamais eu de mal à me faire des potes. Même
à cette époque lorsque, plus jeune, je me sentais
invisible, insignifiant. Je vais vers les gens. Je
les écoute. Je les entends. Je ne leur demande
rien. Je suis avec eux. Tout simplement. J'aime
côtoyer des personnes qui ne me ressemblent pas.
Rares sont celles avec lesquelles je n'ai pas lié de
relations durables, fortes. Je me souviens de ce
voyage que nous avons fait ensemble, Téva et
moi, sur l'île de Pâques.
Nous avions décidé de partir, pour nous dépayser,
de partir, juste avec un sac à dos. Tout s'est
décidé en quelques heures. Quelques jours après,
nous partions. Un voyage léger, pour ne pas
« ralentir nos mouvements », pour conserver le
plus de liberté possible. Nous ne savions pas où

nous allions. Voyager léger a été un peu compliqué pour elle. Elle avait besoin de confort. Elle faisait souvent le contraire de ce qu'elle avait prévu, de ce qu'elle disait. C'était sa manière d'être spontanée, imprévisible. C'était chiant. Il lui fallait toujours des choses dans ses relations avec les autres, offrir des cadeaux, laisser des souvenirs. Il lui fallait toujours conserver le dessus. Sa culture, son savoir, ses excellentes capacités linguistiques qui ne lui paraissaient insuffisantes tandis qu'elle parlait couramment trois langues. Elle m'agaçait lorsqu'elle affichait son savoir. Ce n'était pas son intention s'excusait-elle lorsque je lui faisais remarquer. Elle affirmait n'être pas comme ça, pas pédante. Elle affichait de la simplicité mais ne l'était pas, simple. Elle ne comprenaient pas les autres. Elle essayait simplement de les dominer.

Partager un moment ne requiert pas nécessairement de mots. Partager ne requiert pas nécessairement un échange linguistique parfait. Il suffit de savoir saisir l'instant, d'entendre ce que sont les gens.

Nous avons fait le tour de l'île, logé chez l'habitant, en chambre d'hôte, dans un hôtel de luxe. Nous avons rencontré des personnes de tous horizons. Elle était heureuse de voyager de cette façon, d'avancer vers l'inconnu. Plus tard, elle me remercierait d'avoir tant appris. Il n'empêche qu'à la fin, la frustration était telle que nous n'avons pas cessé de nous disputer.

J'aime le voyage.

Je n'aime pas me sentir enfermé. Je n'aime pas rester statique, figé. *« Pierre qui roule n'amasse pas mousse »* dit le dicton. Nous ne sommes pas des pierres. J'ai besoin de sentir la différence, de respirer. J'ai besoin d'air.

Elle me faisait me sentir… petit. Durant ce voyage, Je me suis senti petit.

Pressé

Les contrats réduisirent de nouveau. Il aurait fallu quêter, se vendre, chercher. Ce n'est pas mon genre. Ce qui devait arriver arriva : un jour, il n'y en eu plus. Je ne travaillais pas. ~~Je ne savais pas quoi faire.~~ Je n'avais rien envie de faire . J'avais besoin de faire une pause, pour y voir clair...

- *Seth ! J'ai une nouvelle géniale à t'annoncer !*

Nous étions ensemble depuis un an, non, un peu plus.

- *Je suis enceinte ! Je suis enceinte ! Nous allons avoir un bébé !*

J'étais le plus heureux des hommes ! Vraiment.
Un bébé. Un bébé…
Téva me pressait de trouver quelque chose. Il fallait installer les meilleures conditions de vie pour le bébé. Il fallait que rien ne lui manque. Elle nageait dans le bonheur. J'avais peur. Horriblement peur. Mais j'étais heureux. Nous

continuions de sortir. Ensemble ou chacun de son côté. Elles avec ses copines. Moi avec mes potes. Le projet avait pris corps. C'était, pour nombre d'entre eux, une échappatoire idéale. Ils n'en étaient qu'aux balbutiements, le choix de l'endroit notamment. Nous allions avoir un enfant. J'étais avec elle, tout à elle, tout à notre vie qui allait être merveilleuse.

Elles se sont retrouvées seules un moment...

Ce soir-là, elle était chez Colyn avec une amie. Téva est passée, boire un verre, papoter. Peut-être la connaissait-elle de nom. Je crois ne lui avoir jamais parler.

- *Je ne pouvais pas lui dire de s'en aller. Elle n'allait pas bien...*
- *Comment t'as pu faire ça ?*
- *Faire quoi ? Ness est ma pote. Il est hors de question que je me sépare de mes potes, Seth ! Et puis, on a passé une bonne soirée. Bon, à un moment...*
- *Quoi ?*
- *Elles se sont retrouvées ensemble. Seules...*
- *Quoi ?! Putain... Qu'est-ce qu'elle lui a dit ?*
- *Je n'en sais rien...*
- *Téva ne m'a rien dit...*
- *Sans doute parce qu'il n'y a rien à dire...*
- *Non... Je la connais. Et tu la connais aussi. Comment as-tu pu laisser faire ça ? Tu...*
- *Écoute, Seth. Téva est folle de toi. Je ne crois pas que Ness puisse dire quoi que ce soit qui lui fasse changer d'avis à ton propos. Elle t'admire...*

- *Ah oui ? Ce n'est pourtant pas l'impression qu'elle me donne.*
- *Et pourtant, elle t'admire. Elle aime ta désinvolture. Elle aime cette 'inassurance' que tu voiles de virilité. C'est elle, hein, qui m'a sorti ça... Elle s'inquiète pour toi, de ce tu tournes en rond, de ce que l'inactivité peut produire comme réaction... Elle est vraiment amoureuse de toi. Elle te voit comme personne ne t'a jamais vu. Elle ne voit que tes qualités. Tu es différent... lorsque tu es avec elle. Tu es plus... doux. Elle t'entoure d'une douceur que je ne lui connaissais pas, que je ne te connais pas. Elle...*
- *Tu es jalouse, Colyn ? Je ne t'ai jamais entendu parler comme ça...*
- *Oui. Un peu. Quand elle me parle de toi, j'ai l'impression de découvrir un inconnu. Tandis qu'il s'agit de nous. De toit et moi.*
- *...*
- *J'ai l'impression de ne pas te connaître aussi bien que je le croyais. J'ai l'impression que tu es différent. Que tu changes...*
- *Pas du tout. Je ne change pas. Je suis ça aussi. C'est tout.*
- *Oui. Alors ? Que vas-tu faire ?*
- *Je ne sais pas. Que me conseilles-tu ?*
- *Je ne sais pas, Seth. Je ne sais pas. Peut-être*

que...
- *Quoi ? Dis...*
- *Peut-être que tu devrais... Chercher à savoir. Tu vois ?*
- *Quoi ? La revoir. Mais tu...*
- *Il vaut mieux prévenir que guérir d'après moi...*
- *Mais s'il n'y avait rien à dire, rien à ajouter ? Je pense comme toi que Téva n'accordera pas d'importance aux éventuelles... révélations de Ness. Et...*
- *Si tu en es sûr...*
- *J'en suis sûr.*

La croix du névrosé

Il me fallait en avoir le cœur net. Colyn avait raison : il valait mieux prévenir que guérir. Je ne voulais que rien... Je ne sais pas. Je ne voulais pas tout foirer avec Téva. J'irais la voir. J'irais voir Ness. Je lui ferai cracher le morceau. C'est elle qui est partie. Elle ne va pas venir foutre la merde maintenant. C'est elle qui a décidé de s'en aller...

- *Que lui as-tu dit ? Dis-le moi ! Parle !*
- *Cela ne te regarde pas. Elle ne t'a rien dit, hein ? Tu flippes ?*
- *Si elle ne m'a rien dit, c'est qu'il n'y avait rien à dire !*
- *Alors, qu'est-ce que tu fous ici ?*
- *Va te faire foutre !*
- *Tu te proposes ?*
- *Hors de question.*
- *Elle est enceinte. Elle me l'a dit...*
- *On est bien ensemble. C'est normal d'avoir un enfant quand on est bien ensemble. On est heureux ensemble. Et rien ne pourra changer ça.*
- *T'es qu'un enfoiré...*

- *Et toi, tu devrais me laisser vivre. Tu devrais arrêter tes simagrées. Tu devrais te trouver quelqu'un également...*
- *J'ai rencontré quelqu'un.*
- *Bien. Alors fais ta vie. Et laisse-moi tranquille.*
- *Je lui ai tout raconté. Je lui ai dit toutes tes saloperies. Pour la protéger. Parce qu'elle ne mérite pas ça. Je lui ai dit de se méfier de toi... La pauvre. Elle a une entière confiance en toi. Elle t'aime. Elle t'aime tellement. Elle me rappelle quelqu'un. Elle m'a sorti le couplet à la con sur les gens qui changent, sur ce qu'ils sont au fond et qu'ils n'ont pas encore découvert. La bonne blague ! Si elle savait. Si elle savait que...*

C'est parti tout seul.
Je…
C'est elle qui l'a cherchée. Tout est de sa faute. Pourquoi est-ce qu'elle veut tout détruire ? Tout casser ? Ce n'est qu'arrivé qu'une fois. Une seule et unique fois. Chez Colyn. On ne va pas en faire tout un plat ! C'est elle qui l'a cherchée. Je l'ai vue basculé, se cogner contre un mur. Elle y est restée adossée, tête baissée, une main sur la joue, pitoyable…
- *Je ne te laisserai jamais partir, Seth... Je*

t'aime. Et tu m'aimes aussi ; Elle n'est pas ce qu'il te faut. Aime-moi, Seth… Aime- MOI ! Personne ne t'aimera jamais comme je t'aime…

Elle était minable. Minable dans sa colère à la con. Minable dans sa nuisette, l'une de ces nuisettes en soie qu'elle affectionne tellement. Celle qui laissait paraître la naissance de ses seins pleins, ronds, lourds, ses cuisses. Elles avaient les jambes croisées, les pieds nus. Lorsqu'elle a compris, elle a décroisé les jambes, plaqué ses bras contre le mur dans une posture de défi, de commandement de refuser, de tenter seulement de résister…

Je l'ai plaquée brutalement. J'ai déchiré son slip. Et je l'ai baisé. Elle a crié. Je lui faisais mal parce qu'elle était sèche au début. Ensuite, elle s'est assouplie. Elle s'est ouverte. Et puis, elle a commencé à gémir. Je l'ai prise plus brutalement. Sans un regard, sans un baiser, sans une caresse. C'est bien ce qu'elle voulait, non ? C'est bien ce qu'elle voulait cette… Son visage était plein de larmes. Je ne pouvais que l'imaginer : je ne la regardais pas. Je les sentais couler sur mon bras qui la bloquait au mur. J'étais complètement insensible à son chagrin, à ses peines. Elle voulait tout cassé.

Je me suis retiré. Je l'ai retournée. Et je l'ai prise, de dos. Pour ne pas voir son visage. Vite. Plus fort. J'ai joui. J'ai remonté mon pantalon, rajusté mes vêtements et je suis sorti.

Je l'ai laissée là, agenouillée, recroquevillée, à pleurnicher.

C'était terminé. Définitivement fini.

La rançon

Téva n'a jamais parlé de rien. Elle ne m'a jamais dit qu'elle l'avait rencontrée.
Ou…
Si…
Un jour, elle me l'a dit, vite fait, comme ça, sur le ton de la plaisanterie. Elle m'a dit que cette fille-là m'aimait très fort. Elle m'a mise en garde.

- *Fais attention. Elle m'a raconté des choses horribles. Nous avons tous un passé, Seth… Mais pour elle, je l'ai senti, tu es encore le présent. Elle te veut…*
- *Ne t'inquiète pas…*
- *Je ne m'inquiète pas, Seth.*

Les jours puis les semaines passèrent. Je ne la voyais que très peu. Téva rentrait tard, épuisée, heureuse cependant et continuait de tapoter sur son ordinateur. C'était sa manière de préparer l'arrivée du bébé : travailler plus dur encore. Nous faisions beaucoup moins l'amour. Quand l'aurions-nous fait ? Lorsqu'elle rentrait, je n'étais pas là. Elle ne posait pas de question. Elle apprenait, me disait-elle, à respecter mon choix de prendre le temps de savoir. Quoi faire. Où aller dans la vie. Même si, elle m'a dit souvent – trop souvent – que le temps ne jouait pas en ma faveur. Elle me glissait, avec précaution, quelques idées. Je découvrais sur une table, sur le lit, des propositions d'emploi, de formation, des idées, sans commentaires. Pas plus de commentaire sur le fait que je n'en dise rien.

Nous ne faisions plus autant l'amour et cela ne me dérangeait pas. Malgré la connaissance que j'avais de son appétit. Je mettais cette parenthèse sur le compte de la grossesse. J'avais entendu dire qu'elle pouvait avoir cet effet-là. Une chose me préoccupait. Quelque chose qui n'avait rien à voir avec mon avenir professionnel, de plus en plus incertain, de moins en moins prioritaire, m'embrouillait l'esprit. J'étais heureux avec Téva. Véritablement. Et pourtant, je pensais à Ness. J'allais… J'y allais quelques fois.

~~Depuis quelques temps.~~ Je la prenais. Sans prélude. Ni préliminaires. Je débarquais chez elle et je la prenais. Sans un mot. Et elle, ne disais rien. Elle se laissait faire. Nous ne parlions pas. Je la prenais. ~~Je la punissais. Je ressentais que cela impactait ma relation avec Téva.~~ Je ne comprenais rien à ce qui se passait.

Téva bossait comme une malade. Elle était toujours plus concentrée sur son avancement, de plus en plus focalisée sur cette promotion, de moins en moins concernée par notre relation. Un poste de rédactrice en chef se profilait. Elle estimait le mériter. Elle pensait faire l'affaire. Elle ne pensait plus qu'à ça...

- *Mais tu es enceinte, Téva... Tu ne pourras pas assumer tout ça...*
- *Tu sais à quel point j'aime mon boulot, Seth... Je veux ce poste. Je m'en sortirai si tu me fais confiance. Si tu es avec moi. Tu es avec moi ? Tu as confiance en moi ?*
- *Bien sûr que oui. Mais...*
- *Mais ? Que se passe-t-il ? Qu'est-ce que tu as ?*
- *Rien. Ça va...*
- *C'est le boulot ? C'est ça ? Tu as refait ton book ? Tu as...*
- *Arrête de me prendre la tête avec ça... je le ferai. Je te l'ai dit Arrête de me prendre la tête !*
- *Okay... Mais peut-être est-ce que le fait de ne pas bosser qui...*
- *Et ALORS ? Ça suffit, Téva ! Ta carrière c'est vachement important pour toi mais il y a des gens pour qui tout cela est secondaire...*
- *Secondaire ? On va avoir un bébé, Seth ! Il est temps de mûrir. Deux salaires sont*

toujours mieux qu'un seul. Et...

- *C'est bon : je m'en vais.*

Je suis sorti marcher. Comme d'habitude, mes pas m'ont conduit chez elle.

Je suis rentré. Je me suis assis sur le canapé. Elle s'est déshabillée. Elle s'est assise sur moi.

Je...

Je l'ai...

Bah... Est-ce qu'il faut vraiment vous faire un dessin ?

Vous avez un message…

- *Bonsoir Téva ?*
- *Salut ! Qui est-ce ?*
- *C'est Ness…*
- *Oh… Bonsoir, Ness… Comment vas-tu ?*
- *Bien. Très bien.*
- *Qu'est-ce qui se passe ?… Qui… Qui t'as donné mon numéro ?*
- *Je l'ai pris dans le portable de Seth… Il….*

…

Quand deux mondes se rencontrent..

Lorsque je suis rentré, que l'ai trouvée en larmes, j'ai compris. J'ai déposé mes affaires. Je me suis assis à côté d'elle et j'ai attendu.

- *M'a-t-elle dit la vérité ?*
- *Je ne sais pas. Que t'a-t-elle dit ?*
- *Ne fais pas ça, Seth. Ne fais pas ça. Ne fuis pas. Dis-moi simplement la vérité. Sois honnête. Je ne te demande rien de plus.*
- *Téva, je...*
- *Je savais que tu fuirais. Je savais que cette situation, que ton inactivité, que toute cette incertitude ne produirait rien de bon...*
- *Arrête avec ça. Cela n'a rien à voir...*
- *Vraiment ? Qu'est-ce alors ? Pourquoi, Seth ?*
- *Je ne sais pas. Je ne sais pas ce qui m'a pris. Je t'aime, Téva. Je t'aime vraiment, tu sais. Mais ton boulot, ton ambition, le bébé... J'ai eu peur...*
- *Peur de quoi ? Qu'est-ce qui te préoccupe ?*
- *J'ai besoin de toi, Teva...*
- *Ah oui ? Et c'est ainsi que tu le montres ? Qu'est-ce qui ne va pas ? Qu'est-ce qui te*

préoccupe ? Tu ne m'as pas fait suffisamment confiance pour partager tes inquiétudes avec moi. Tu as préféré les partager avec quelqu'un d'autre. En quoi as-tu besoin de moi ?

- *Tu te trompes. Il ne s'agit pas du tout de cela...*
- *Tu as choisi d'insérer une troisième personne dans notre relation. Est-ce là ta manière d'arranger la situation ?*
- *Téva. Cela n'a rien à voir avec toi...*
- *Avec qui alors ? Explique-toi, je ne comprends rien ! Avec qui cela a-t-il à voir ? Puisque nous partageons la même maison, une vie, nos germes, avec qui cela a-t-il à voir, Seth ?*
- *Tu sais bien que c'est compliqué, ces temps-ci...*
- *Je le sais, Seth. Mais je ne comprends pas. Je ne comprends pas la solution que tu as choisie. Et, jusqu'ici, tu n'es pas parvenu à m'expliquer pourquoi tu as décidé d'ajouter une personne à une équation déjà si compliquée ? La solution aux problèmes de couples ne se trouve jamais à l'extérieur. Combien de fois en avons-nous parlé ? Tu n'as fais qu'envenimer la plaie, qu'ajouter un problème au problème. Tu fais preuve*

d'immaturité en même temps que tu me manques de respect. Tu ne respectes même pas l'enfant que je porte, celui que nous concevons. Tu ne respectes rien, Seth. Si tu ne respectes pas ça, tu ne respectes rien...

- *Je te demande pardon.*
- *Oui. Mais encore ? Et alors ? C'en est fini d'elle ? Pardon et puis voilà ? Tu sais ce qu'elle ressent pour toi. Crois-tu que mon pardon suffira à tout arrêter ?*
- *C'est fini depuis longtemps.*
- *Je vois ça... Écoute : j'ai besoin de temps. J'ai besoin d'espace. J'ai besoin de faire le point. Je crois que toi aussi. Nous allons prendre ce temps pour nous décider et choisir. Nous allons prendre le temps de savoir ce que nous voulons...*
- *Mais tu es enceinte, Téva. Tu as besoin de...*
- *Ce dont j'ai besoin, c'est de savoir où je vais, Seth. Où je vais et avec qui. Pour l'heure, je ne sais plus.*

S'enfoncer...

Tandis que j'étais allongé à côté d'elle, elle s'est glissée hors du lit, de la chambre, en quête de mon téléphone. Une nouvelle fois. Je ne savais plus où j'en étais. Téva m'avais quitté. J'étais perdu. Je me sentais comme tel. Il me fallait être d'autant plus prudent que j'avais l'esprit en vrac. Je conservais systématiquement mon téléphone à portée de main, à portée de vue. Sauf ce soir-là. Ce soir-là, j'ai été imprudent. Je me suis endormi. Téva était chez ses parents. Elle a trouvé le numéro. Elle les a appelés…

- *Bonjour Madame…*
- *Bonsoir… Qui êtes-vous ? Il est très tard pour un appel…*
- *C'est important. J'ai une chose importante à vous dire : je suis la femme de Seth…*
- *Je ne comprends pas…*
- *Dites à votre fille de laisser tranquille mon homme. Il faut lui dire qu'elle n'arrivera jamais à nous séparer. Dites-lui, mais elle le sait déjà, que nous ne sommes jamais séparés. Que nous ne nous séparerons jamais…*

Téva était sortie avec des amies. Elle a reçu plusieurs appels mais grâce à l'ambiance, à la musique, elle n'a pas entendu. Elle a décroché une fois mais n'a pas compris ce que lui disait la voix féminine à l'autre bout du fil. Le plus étrange me dira-t-elle plus tard, c'est que l'appel provenait de mon téléphone. Dès son retour, sa mère lui a parlé de l'entretien qu'elle a eu avec cette femme qui lui a dit être ma femme. Elle ne lui a donné aucun conseil. Elle n'a fait aucun commentaire. Elle devait prendre un décision. Je ne saurai sans doute jamais pourquoi, elle a décidé de me laisser une chance.

Vert émeraude...

A son retour, je lui ai offert le plus beau bijou que j'ai trouvé: une bague, sertie d'une émeraude, une pierre verte, la couleur de l'espérance.

Je venais de signer un contrat avec une marque de tee-shirt. Je voulais lui en faire la surprise. Nous avons parlé. De tout ça. Elle a pleuré. Elle m'a dit qu'elle m'aimait. Très fort. Elle m'a dit qu'elle allait moins travailler, me soutenir, m'écouter, être patiente, plus attentive à mes besoins. Elle m'a dit que nous allions tout recommencer du début, si c'était ce que je voulais aussi. Je le voulais. Je voulais qu'elle me pardonne, qu'elle m'aime. Je lui ai offert ce bijou. Elle était heureuse, je crois. Elle m'a dit que tout n'était pas fini, que nous avions de la chance d'être aussi amoureux. Elle m'a dit tout cela et j'étais tellement fière, tellement heureux, ravagé par la honte.

L'année s'annonçait bien professionnellement.

Je venais de signer ce contrat d'un an avec une marque en vogue, la marque du copain d'un copain. Je ferais tout pour que cela marche. Je ferais tout pour recoller les morceaux. Je lui ai demandé de me croire, de ne croire qu'en moi, de croire que je l'aime, de me croire quand je lui dis qu'il ne s'est rien passé, qu'elle a dû voler mon répertoire, que c'est une folle, qu'il n'y a rien à en tirer, qu'elle veut me rendre malheureux parce qu'elle constate qu'elle m'a perdue, parce qu'elle sent que je suis heureux et que ce n'est pas avec elle. Je lui ai demandé de me croire.

J'ai pleuré.

Je lui ai dit que je l'aime.

Je lui ai dit des dizaines de fois.

Je t'aime.

Je n'aime que toi.

Elle m'a cru.

Petit à petit, les choses sont redevenues normales : nos fous rire le soir devant des émissions débiles, nos soirées en tête à tête à la lueur des bougies, nos silences, l'amour, beaucoup, des jours, des semaines, des mois de bonheur, la confiance de nouveau et un jour, je lui ai demandé de m'épouser. J'ai lu le doute dans son regard. Je l'ai prise dans mes bras.

Elle a eu l'air rassuré. L'était-elle vraiment

"Feeling Good"

Stars when you shine, you know how I feel
Scent of the pine, you know how I feel
Yeah, freedom is mine, and I know how I feel..
It's a new dawn, it's a new day, it's a new life for
me
And I'm feelin'... good.

Nina Simone

Tellement belle…

- *C'est parce que tu m'aimes...*
- *Non, je t'assure Téva : tu es magnifique !*
- *J'ai pris 15 kilos, Seth !*
- *Tu n'as jamais été plus belle !*
- *Je t'aime...*
- *Je t'aime aussi, ma douce… Je t'aime fort...*

Six mois.

Six mois sans encombre.

Six mois de bonheurs. Et de travail pour tous les deux. Nous ne faisions que nous croiser. Mais ces croisements étaient de feu. Elle, concentrée sur ses articles. Elle n'était pas devenue rédactrice en chef mais chef de la rubrique Société du magazine. Et elle adorait cela : parler des gens, de la vie, des femmes et de tout ce qu'elles sont, ne sont pas, refusent d'être, par amour, par passion, de ces hommes, nouveaux, pères, hommes au foyer, de la vie de nos jours. Le contrat me contraignait à partir souvent. Mais cette distance entre nous renforçait le lien nouveau qui nous unissait. Quand nous nous retrouvions, tout était plus fort, plus intense, plus beau… Ces six derniers mois avaient été parfaits.

Elle rayonnait de bonheur, malgré la fatigue, malgré le boulot, de plus en plus épuisant à mesure que son ventre grossissait, que son corps s'épaississait, s'alourdissait. Elle était tellement belle, ma femme. Tellement belle…

Nous partions marcher, au parc, pour « garder la forme », parce qu'elle y tenait. Elle avait lu quelque part que faire du sport durant la grossesse aidait à perdre les kilos en trop ensuite. Elle se donnait donc à fond. Autant que le lui permettait son corps en vrac. Elle me faisait une vie de ses jambes, « grasses, grosses, horribles » et nous nous amusions de son désespoir de façade. Je me souviens cette soirée chez Colyn, d'elle et de moi enlacés, l'un et l'autre, amoureux. Je me souviens ses bras autour de mon cou, l'osmose équivalente à celle de notre rencontre dans cette boîte de nuit, il y avait longtemps. Je me souviens de ma tête sur son épaule et de mes mains sur son ventre, du bébé qui voulait prendre part à la fête et qui battait la mesure. Nous riions. Nous nous bécotions. Je me souviens des regards admiratifs, envieux, son regard empli de rage, comme chaque fois. Je me souviens l'observant du salon, tandis qu'elle prenait l'air sur la terrasse, une main sur le ventre, sirotant son jus de fruit, un jus de raisin, le visage serein, un sourire aux lèvres. J'étais heureux.

Cette femme, l'atmosphère qu'elle créait autour de nous, quelque chose d'élégant, d'envergure, quelque chose que je ne n'avais jamais connu, cette femme-là m'a rendu heureux, j'ose le dire. Mais elle était là. J'étais heureux mais je n'étais pas, guéri ~~de mes addictions. Elle ne lâcherait rien. Elle ne me lâcherait pas~~.

Comme rien ne reste enfoui sans détruire, la terre a tremblé, le sol s'est ouvert sous nos pieds et cet univers de bonheur que nous venions de reconstruire s'est désintégré en un instant.

Le tapis que je t'ai montré...

Nous marchions comme souvent. Nous venions de quitter le parc où nous sommes restés près d'une heure, étrangement silencieux. Nous marchions et remontions le grand boulevard qui borde la maison. Le quartier n'était pas cossu mais le voisinage agréable. C'était vert. Enfin… Autant que peut l'être un quartier en ville. Et puis, il y avait ce parc, pas très loin, où nous allions souvent, discuter, pique-niquer, prendre ou perdre le temps, nous retrouver. C'était un de ces quartiers neufs, pour jeunes cadres dynamiques. Notre appartement était agréable. Téva y avait inscrit son empreinte. Partout. Elle adorait la déco. Elle a pris plusieurs semaines, plusieurs mois à la penser, la préparer, la mettre en forme, choisir tel voilage, tel ensemble de literie, telles serviettes, les torchons, les couverts et les assiettes, la batterie de cuisine. Rien n'avait été laissé au hasard. Elle aimait recevoir. Et, lorsqu'elle le faisait, il fallait que tout soit parfait. « *Même lorsque nous avons terminé de dîner* » disait-elle, le désordre doit être« *artistique* »…

Nous marchions donc, depuis plusieurs minutes,

silencieux, nous remontions le boulevard lorsque je lui ai fait part de ma volonté de sortir un peu, pour passer du temps seul...

- *Ah oui ? Où vas-tu ?*
- *...*
- *Que veux-tu faire ? Où vas-tu, Seth ?*
- *Faire des choses qui me regardent...*
- *Ouh... Tu me fais des cachotteries ?*
- *Non. Pas du tout.*
- *Donc, je peux venir avec toi? Nous devions justement aller acheter un nouveau tapis pour la cuisine. Le nôtre est abîmé. Et justement, j'en ai aperçu un, pas trop mal, sur ce catalogue que nous avons reçu... Tu te souviens ? Je te l'ai montré, il y a quelques jours...*
- *...*
- *Ce serait l'occasion de...*
- *Téva ! Je t'ai dit que je voulais passer un moment seul ! Si tu veux, j'irai acheter le tapis. Okay ?*

Le silence se fit de nouveau.
Téva continuait d'avancer.
Nous passions à côté d'un banc sur lequel elle s'assit. Lentement. Elle en était à son huitième mois...

- *Tu continues de la voir, n'est-ce pas ?*
- *De... De quoi parles-tu ?*
- *Écoute Seth : fais bien attention.*
- *Je ne vois pas de quoi tu veux parler.*
- *Si, au contraire. Je crois que tu sais précisément de quoi je veux parler.*
- *...*
- *Si tu la revois... Je...*
- *Tu ?*
- *Tu ne crois pas que c'est assez ? Tu ne crois que nous pourrions passer à autre chose ?*
- *Nous sommes déjà passés à autre chose.*
- *Ah oui ? Très bien. Alors, où vas-tu ?*
- *Tu ne me poses jamais de question, Téva. Que se passe-t-il ? Pourquoi me la poses-tu aujourd'hui ?*
- *Parce qu'aujourd'hui, j'ai envie de savoir. Pourquoi refuses-tu de répondre ? Pourquoi tournes-tu autour du pot ?*
- *Je ne tourne pas...*
- *Cette femme est prête à tout pour t'avoir, pour te garder. Si tu entretiens des relations avec elle, si jamais...*
- *...*
- *Si jamais il arrivait quelque chose, encore autre chose, s'il se passait quelque chose entre vous... Prends bien garde, Seth. Je suis*

patiente mais il y a des limites. Et tu es en train de les franchir. De nouveau. Je ne suis pas stupide . Se battre d'accord. Dans un but. Pour quelque chose qui en vaut la peine. Pour gagner. Pour construire. Et avancer. Mais s'il faut mener les mêmes combats, contre les mêmes adversaires, sur le même terrain, c'est qu'il y a un problème quelque part. Nous allons avoir un enfant, Seth... Il te faut réfléchir. Grandir...

- *Pfff...*
- *Je te saoule? Tant mieux. Autant que les choses soient dites. Le fait d'avoir un enfant ne constitue ni un gage de ma présence éternelle, ni même une prison qui m'enfermera dans une relation qui ne me convient plus. Tu le sais, n'est-ce pas ? Tiens-le toi pour dit.*
- *Écoute... Je ne vois pas de quoi tu...*
- *Parfait. Rentrons. A quelle heure envisages-tu de partir ?*
- *Dès que nous serons à la maison... Je... J'ai rendez-vous à...*
- *Je te ferai un point des couleurs qui iraient le mieux pour le tapis. Il nous faudra également un vaisselier dans les mêmes teintes. Celui de la cuisine part en cacahuète...*

Je ne suis rentré à la maison que sur le tard. Téva dormait. Je l'ai regardée dormir. Elle tenait son ventre. Elle avait l'air angoissé, triste. Elle avait l'air agité. Elle avait un air que je ne lui connaissais pas. Je ne l'avais jamais connue angoissée. Je l'ai connue épuisée, débordée, dépassée aussi mais angoissée, jamais. Elle était douce, mélancolique. Elle me faisait l'impression quelquefois d'être complètement perdue dans son monde, complètement hermétique au reste. Dans sa bulle. Je me souviens de ce jour où... Je lui parlais depuis plusieurs minutes. Elle était perdue dans ses pensées. Nous recevions des amis, ce jour-là. Deux ou trois. Je ne me souviens plus. Nous parlions et quelqu'un l'a touchée, elle a sursauté. Je lui parlai depuis un moment et elle ne m'avait pas entendu. Enfermée qu'elle était dans son monde.

Je suis rentré tard, avec le premier tapis trouvé dans la première boutique. Rien à voir avec les teintes de la cuisine. Le vaisselier, toujours dans son sac de plastique était aussi minable.
Je suis rentré sur le tard.
Il devait être 2h du matin.
Je l'ai regardée dormir et je suis sorti fumer une cigarette sur le balcon.
La cigarette du condamné.

Rien n'était prêt

Il devait être… Je ne sais pas… 1h du matin. C'était un samedi. Je rentrais. Mon téléphone a sonné tandis que je pénétrais l'ascenseur. Sa voix semblait prise. Elle pleurait. Je lui ai dit que j'étais là. Que j'arrivais.
Rien n'était prêt.
Je lui avais pourtant dit de tout préparer.
Elle m'a ouvert. Elle s'était traînée jusqu'à la porte.
Rien n'était prêt.
Comme à son habitude, elle n'en a fait qu'à sa tête, préférant attendre la dernière minute, le rush, la course, la « folie » comme elle dit.
Ce qu'elle m'énerve avec ça !
Nous vérifions les contractions. Il fallait être sûr. Patienter.
Il était deux heures du matin.
Il était deux heures du matin et rien n'était prêt !

- *J'ai mal, Seth ! Il nous faut y aller ! On doit partir ! C'est pour maintenant, je le sens…*
   – *Quoi ? Maintenant ?*
   – *Oui ! Oui !*

– *Mais rien n'est prêt ! Je t'avais dit de tout préparer !*
– *Aouh... Ce n'est pas grave ! Aaah...*
– *Si ! Il te faut prendre des affaires !*
– *Mais on s'en fout, Seth ! Tu n'auras qu'à revenir les chercher !*
– *NON ! Tu n'avais qu'à le faire avant. Merde. Je t'avais prévenue, Téva ! Je t'ai répété dix fois de préparer ton sac, qu'on ne soit pas obligé de le faire à la dernière minute ! Mais c'est pas vrai, ça !*
– *Aide-moi ! J'ai mal, Seth ! Ce n'est franchement pas le moment de me faire la morale !*
– *Dépêche-toi ! Prépare tes affaires ! Démerde-toi ! Je t'avais prévenue... Je t'avais dit de tout mettre en ordre...*

Elle, accroupie devant l'armoire pour préparer son sac.

Moi, hurlant, furieux.

Rien n'était prêt. Je lui avais pourtant demandé de tout préparer.

Elle grimaçant de douleur, rampant d'un tiroir à l'autre, s'arrêtant de temps à autre pour respirer.

Moi, la regardant. La dominant.

Cela lui servirait de leçon. Je la sermonnais encore tandis que nous montions en voiture, aux portes de l'hôpital, à l'arrivée de l'infirmière. J'étais furieux. Non mais c'est vrai quoi ! Tout faire à la dernière minute comme ça, c'est insupportable. Elle ne pensait qu'à son boulot. Le boulot et rien d'autre.

3h du matin…

4h…

5h…

Les heures défilaient. Je n'en pouvais plus. J'avais besoin d'air. Il fallait que je sorte. L'infirmière lui avait fait une péridurale. Elle n'en voulait pas. Elle voulait accoucher seule, naturellement. C'était important pour elle qu'il arrive le plus naturellement possible. Et puis, la péridurale lui faisait peur. Elle n'a pas eu le temps ou la force de réagir. Je n'ai rien dit non plus. Incapable de réagir. J'étais épuisé.

6h…

10h…

12h…

Il fallait que je sorte…

J'avais besoin de prendre l'air. J'avais faim. J'étouffais littéralement.   La fatigue peut-être. Les contractions se rapprochaient. Je tournais en rond. L'entendre gémir m'exaspérait.

-     *Je vais sortir un moment, Téva…*
-     *Quoi ? Maintenant ? Mais tu… (*Elle était

128

un peu dans le coltard… Inutile de lui répondre. Elle me tenait la main. Je l'ai lâchée. Je devais partir…)

- *Je reviens dans un moment. Tu veux manger quelque chose ?*
- *Non… Non…Je suis fatiguée… Okay… A tout à l'heure… Je t'..*
- *Oui… Repose-toi…Je reviens…*

Je suis revenu en fin d'après-midi. Le travail, le véritable travail allait commencer. Elle a passé une bonne partie de la journée allongée à attendre. Elle avait le visage blême, les yeux mi-clos, les lèvres sèches, craquelées, les cheveux en pagaille. Le travail allait commencer. Je ne pouvais pas rester dans la pièce. Je me sentais impropre, pas sain. Je n'en avais pas la force, pas le courage. Et puis, elle s'en tirait très bien. Elle respirait comme il fallait. Elle faisait comme il fallait.

Je...

J'étais…

Sincèrement, je n'en sais rien.

Je ne pouvais pas rester…

Il est né en fin d'après-midi. Il était magnifique.

Magnifique mon fils…

Elle avait choisi son nom quelques semaines avant. Une véritable opération de vote. Elle en a

parlé à toute la famille. Proposant, celui-là, puis celui-ci. Deux seulement. Le second a remporté les suffrages, mon adhésion aussi.
Il était beau.

\-   *Tu as faim ? Tu as besoin de quelque chose ?*
\-   *Non... Juste de dormir un peu... Tu t'en vas ?*
\-   *Ouais, j'y vais. Il le faut. Il est l'heure...*
\-   *On se voit demain ?*
\-   *Okay...*
\-   *Mais tu peux rester... Je crois qu'il suffit de...*
\-   *Non... Il vaut mieux que je rentre... On se voit demain, okay ?*
\-   *Okay...*
\-   *Repose-toi...*
\-   *Okay...*
\-   *Bisous....*
Il était un peu plus de 20h.

Rien n'était prêt

Le lendemain, à mon arrivée, sa famille, la mienne, nos amies, s'extasiaient devant lui.
Je n'ai fait que passer.
Pour les laisser ensemble.
Ils parlaient du berceau idéal, de la couleur de la chambre. Ils avaient rapporté des grenouillères, des doudous. Ils parlaient peintures, couleurs et se tournaient vers moi… Le surlendemain, à mon arrivée en milieu d'après-midi, elle était pleine d'enthousiasme : elle venait d'apprendre à lui donner le bain. Elle m'en a raconté le détail, les conseils de l'infirmière, la manière de lui tenir la tête, les huiles qu'elle jugeait les plus adéquates. Il dormait. Et puis le docteur est passé : il avait une infection à la bouche. Un champignon qu'il avait contracté durant la grossesse. Un champignon sans gravité mais qui, selon toute vraisemblance, provenait d'une infection sexuellement transmissible. Elle n'a rien dit. Elle ne m'a pas adressé un mot. Le lendemain, nous devions rentrer à la maison. Elle semblait sereine. Arrivés à la maison…

- *Que s'est-il passé, Seth ? Pourquoi rien n'est*

fait ? Pourquoi n'as-tu rien préparé ? Pourquoi sa chambre n'est-elle pas prête ?

- *Je... Je suis resté avec toi à l'hôpital... Je n'avais... pas le temps...*
- *Non, tu n'es pas resté. J'ai même pensé que c'est ce dont tu partais t'occuper, que tu nous préparais une surprise...*
- *...*
- *Bon... Il nous faudra sortir, maintenant. Ce n'est pas très bon pour le bébé, pour ses poumons mais il n'y a pas moyen de faire autrement : il doit avoir un berceau, de quoi se laver... Nous allons acheter ce qu'il faut. Maintenant.*
- *Mais...*
- *Allons-y. Immédiatement...*

Nous sommes sortis tout acheter : le berceau, le thermomètre, un bac pour son bain, des huiles, des crèmes pour lui, pour elle, un parc, le bric-à-brac qui va avec. Tout .

Il était parfait.

Il ne pleurait que lorsqu'il avait faim.

Elle a recommencé à écrire, à travailler, jusque tard dans la nuit.

Plan large

Il y avait deux, non trois valises. Deux grandes et une plus petite.

Il y avait des boîtes aussi, contenant les affaires du bébé. Une ou deux.

Il y avait un sac de toilette posé prés de son sac à main.

L'appartement était parfaitement rangé. Il sentait cette immanquable odeur de fleur, celle qui m'apaisait. Une odeur de vanille qui me confirmait que j'étais bien à la maison. Et d'oranges confites, celle de sa bougie préférée. Téva forçait sur les senteurs parce qu'une maison devait « être un havre de paix, un rempart de positivité, le paradis des sens, un jardin secret... » disait-elle. Elle y avait réussi. Une légère brise provenait du salon. La baie vitrée était entrebâillée. Les rideaux clairs étaient complètement tirés, tamisant un peu la lumière du jour qui déclinait. Ils battaient le flan du divan jaune, aux liserés marron qui trônait au centre de la pièce. Le canapé la coupait en deux pour créer une sorte de coin, face à la bibliothèque, à la télévision, la discothèque, notre coin, celui de nos fous rire.

Elle était assise là, les jambes serrées, la tête baissée. Elle avait encore le téléphone à la main. Son portable était posé à côté d'elle.

Je ne la voyais que de profil mais je savais qu'elle avait pleuré, qu'elle pleurait encore. Je ne voulais pas entendre ce qu'elle allait dire. Je voulais repartir. Je voulais rebrousser chemin. Je voulais remonter le temps.

Il était trop tard. J'étais rentré. J'étais entré et le piège se refermait sur moi.

Je voulais que le monde, que le temps s'arrête.

Je voulais que ma femme soit MA femme.

Je voulais qu'elle soit encore avec moi…

- *C'est vrai, n'est-ce pas ?*
- *Quoi ? Quoi encore ? De quoi parles-tu ?*

~~Réaction de défense puérile, pathétique.~~
J'espérais encore échapper à la situation. Tout pouvait peut-être s'arranger, encore une fois. Nous serions heureux...

- *Elle est enceinte.*
- *Qui ? De quoi parles-tu ? Mais qu'est-ce que c'est que...*
- *J'ai reçu un texto. Ness et toi ne vous êtes jamais quittés. Il disait qu'elle est enceinte de six mois...*

134

- ...
- *C'est vrai, n'est-ce pas ?*
- *Je...*
- *Tu ?... Oui ? Tu, quoi ? Tu vas encore essayer de te défendre ? Tu vas encore me raconter des conneries ? Tu, quoi ? C'est vrai ou pas ?*
- *Téva, je...*
- *C'est VRAI OU PAS ?*
- *Je ne sais pas ce que...*
- *C'EST VRAI OU PAS, SETH ?*
- *Oui. Elle est enceinte. Mais... Mais ce n'est pas le mien. Elle veut nous séparer. S'il te plaît Téva, écoute. Je...*
- *Tu, quoi ? Tu as dérapé sur sa foufoune la bite la première et, contre ton gré, tu as joui et elle est tombée enceinte, Seth ? C'est ça ? Toutes les fois que tu sortais, sans que je sache où tu allais, que tu allais la rejoindre, c'est elle qui te forçait, c'est ça ?*
- *C'est une folle ! Elle...*
- *TA GUEULE, SETH ! ARRÊTE UN PEU TES CONNERIES ! Je lui ai parlé. Elle m'a tout raconté...*
- *Tu lui as parlé ? TU LUI AS PARLE ? Mais comment ça tu lui as parlé ? DE QUEL DROIT TU....*
- *Je lui ai parlé. J'ai conservé le numéro*

135

qu'elle m'a donné. J'ai reçu une information que j'ai vérifiée. C'est mon boulot, Seth. Je n'en suis pas fière mais je l'ai appelée, oui.

- Et tu vas la croire ? Tu vas la croire elle plutôt que me croire, moi ?

- C'est toi qui es allé vers elle. C'est toi qui l'a chauffée le premier. Toi qui couche avec elle depuis le début. Toi qui l'a mise enceinte et qui va donner une sœur ou un frère à un enfant qui n'a rien demandé. C'est toi, Seth. C'est toi le connard. Ce n'est pas elle la folle, la pute, la salope. C'est toi le faux-cul, le moins que rien... C'est toi !

- ...

- Elle est venue chez moi...

- Non, elle...

- Ce n'est pas une question, Seth. C'est une information de plus que j'ai obtenue à la source. Elle me l'a dit... Elle m'a dit que tu l'as amenée chez nous. Quand j'étais chez ma mère. Elle m'a dit avoir adoré la déco, que c'est joli ce mélange de rouge, de jaune et d'oranger... Elle m'a dit que cela sent la fleur à la maison. Tu l'as ramenée chez nous, Seth. Vous avez couché ensemble, ici, chez moi, Seth. Tu n'es qu'un...

- Non, non, Téva... Écoute. Il faut que tu com...

136

- *Que je comprenne ? C'est bien cela que tu allais dire ? Il faut que je comprenne ? Que je te comprenne ? Je la comprends. Je comprends une femme amoureuse, désespérément amoureuse. Aveuglément amoureuse. Au point d'aller chez une autre et de trouver cela joli. Je comprends cette femme qui m'a dit avoir souffert de nous voir aussi heureux à cette fête alors qu'elle était avec toi la veille, qu'elle serait avec toi ensuite. Je comprends cette femme que tu traites comme une moins que rien, comme une traînée mais que tu retournes voir cependant. Sans même savoir pourquoi. A moins que tu le saches, que tu admettes. Mais toi, TOI, je ne te comprends pas. Je ne veux plus jamais te voir, Seth. Je ne veux plus jamais te voir !*
- *Tu m'aimes ?*
- *Comment... Comment oses-tu ? Comment oses-tu me poser cette...*
- *Alors, si tu m'aimes, épouse-moi ? Deviens ma femme. Oublier Ness. Oublions tout ça...*
- *Tu es sérieux ?*
- *Epouse-moi, Téva ? Marions-nous...*
- *Mais tu es un grand malade, Seth... Tu es fou...*
- *Epouse-moi, Téva. Je n'ai que toi, tu le*

sais...

- *Et comment le saurais-je, Seth ? Comment ? Explique-moi. Tu as bien plus maintenant. Il te suffit de compter.*
- *...*
- *Le mariage n'est pas un lot de consolation. C'est un engagement, Seth. Un engagement que tu es incapable de respecter. Nous étions heureux, il me semble. Qu'est-ce qu'il te manquait ? Que voulais-tu de plus ?*
- *Téva...*
- *M'as-tu jamais comprise, Seth ? Comment peux-tu croire que j'accepterais de t'épouser après tout ça ? Comment peux-tu croire qu'il puisse y avoir quoi que ce soit entre nous après tout ça...*
- *Ne pars pas...*
- *J'ai appelé un taxi. Il ne devrait pas tarder. Je pars chez une amie. Que les choses soient claires : je ne veux pas te voir. N'essaie pas de faire de scandale. N'essaie pas de me recontacter. N'essaie pas de m'appeler. Je ne veux plus te voir...*
- *Et l'enfant? Notre enfant ?*
- *Notre enfant ? Je crois que tu as réglé son cas, il y a six mois. Je crois que tu as montré tout l'intérêt qu'il représentait pour toi, notre enfant...*

- *Téva, je t'en prie. Je t'en supplie...*
- *Oui, Seth ? Tu veux ajouter quelque chose ?*
  Il y a-t-il quelque chose à ajouter ?
- *Je...*
- *C'est bien ce qu'il me semblait.*

Avoir le choix

Le confort de l'habitude

Nous nous sommes revus, bien sûr. On ne se quitte pas comme ça.

On se quitte par à-coups. On se quitte petit à petit. Au fur et à mesure, l'alchimie décline, les liens se délitent. Ponctuellement, comme dans un boucan qui s'amenuise, une mèche reparaît et s'enflamme, dernier soubresaut d'un sentiment qui meurt, qui ne tient pas d'ailleurs, hors de son environnement Et nous, qui essayons de nous convaincre qu'il restera quelque chose, que l'on a pas complètement perdu son temps. Ce besoin d'éternité. Ce besoin de continuité. Ce besoin de sérénité. Ce besoin d'habitudes. C'est dur les habitudes. Cela crée un confort. Cela rend paresseux. Un être vous manque et tout est dépeuplé : la maison, le frigo, les journées, les idées, les soirées, les projets. C'est dur, les habitudes. Cela rend frileux. Face au vide, on a peur. Et puis, on se dit, non, je suis un homme, je peux m'en sortir. Je m'en sortirai. Je ferai ce qu'il faut. On pressent les efforts à déployer, pour en créer de nouvelles, habitudes, un nouveau confort. Si l'envie n'y est pas, on se force. Il faudra bien trouver ~~quelqu'un d'autre~~, autre chose.

On a fait l'amour une fois encore. Après tout ça. On a essayé en tout cas. Je suis allée la voir, elle était seule, triste bien sûr, en proie tout comme moi à l'inconfortable perte de ses repères. Nous nous sommes embrassés. Nous avons couché ensemble. Parce qu'il n'y avait rien d'autre à faire. Nous avions déjà parlé. Nous avions déjà pleuré. Nous avions déjà essayé, réessayé : l'amour était mort. Mort le frisson. Ce que nous étions était mort. Nous avons couché ensemble mais nos corps ne répondaient plus.

C'était fini.

Pour de bon.

Mon fils avait un an.

L'inconfort de la solitude

Elle est partie. Avec le petit. Je savais qu'elle n'aurait pas besoin de moi, qu'elle pouvait vivre sans moi et qu'elle le ferait. Elle me l'a dit. Elle m'a dit « je t'aime » maintes fois mais qu'elle pouvait vivre sans moi. Nous en avons parlé. Je m'en souviens très bien, nous étions à la maison. Il était tard. La télé était allumée mais nous ne la regardions pas. Nous imaginions la vie l'un sans l'autre.

C'était un peu avant tout ça.

Était-ce prémonitoire ?

Nous avions beaucoup ri.

Savait-elle déjà ? L'idée ne m'a pas traversée.

Pourquoi cela ne m'a pas choqué ?

Pourquoi ne lui ai-je pas dit « *Cette conversation est inutile ! Cela n'arrivera jamais...* ». Pourquoi est-ce elle qui a pris les devants, ce soir-là ? Pourquoi est-ce elle qui a promis que l'on ne se séparerait jamais. Elle a dit que c'était pour toujours. Elle a menti.

Elle ne m'a pas aimé assez pour rester, malgré tout.

Tout était vide : plus de casting, plus de shooting,

143

plus de perspectives professionnelles, plus d'envie d'en créer. J'étais épuisé. Je n'avais envie de rien. Quelle merde, putain…

~~J'avais foutu une merde monstre.~~

Partir. Voilà l'idée.

Changer d'air.

Rencontrer d'autres gens.

C'est ça : j'allais vendre l'appartement et me barrer. Me poser ailleurs un temps, le temps de voir venir… Je ne savais pas bien où mais j'irais quand même. J'avais besoin d'espace. De grands espaces. J'avais besoin de chaleur. D'inconnu.

J'avais besoin de tout arrêter, tout changer, repartir à zéro.

Repartir. Où ?

J'irai… Et puis, merde: on verra.

REM
"Everybody Hurts"

When your day is long
And the night, the night is yours alone
When you're sure you've had enough
Of this life, well hang on
Don't let yourself go
'Cause everybody cries
And everybody hurts sometimes
Sometimes everything is wrong
Now it's time to sing along
When your day is night alone (Hold on, hold on)

....

Quand les journées sont trop longues
Et que le soir, tu ne retrouves que toi-même
Quand il te semble qu'il n'y a plus rien à faire de
ta vie
Tiens bon
Ne te laisse pas aller
Tout le monde pleure
Tout le monde souffre quelquefois....
Quelquefois tout est noir
Il est temps de chanter seul
Quand tes jours ne sont que des nuits de solitude
Tiens bon...

Au milieu du désert...

Elle dansait telle une déesse, le tango dans un bar argentin. Une ange tombé du ciel... Il y avait quelque chose de spécial dans son mouvement.
Plus tard, Elle m'expliquerait que c'est l'âme du tango qu'elle est venue chercher ici, en Argentine. Ce pourquoi elle est restée si longtemps.
Parce qu'il fallait que nous rencontrions aussi...
Je m'étais posé là-bas après être passé par la Guyane, le Brésil, chez un ami, exilé comme moi, pour se purger des conneries. On a surfé. On a marché. On a baisé. Je suis parti. Cela faisait un moment que Téva et moi étions séparés. Je n'avais pas vraiment de nouvelles. Je n'ai pas cherché à en avoir. Longtemps. Elle ne m'appellerait jamais. Oh, pas par orgueil, non. Par principe. Elle ne me demanderait rien. Pas une minute. Pas un centime. Pas une attention. Pas un mot. Pour connaître notre enfant, ce serait à moi de faire ce qu'il fallait, être responsable selon sa définition de la responsabilité. Il me fallait être père selon sa définition de la paternité. Je l'ai appelée. Elle m'a écouté raconter des conneries sur le voyage, le vagabondage, la vie.

Je l'ai appelée pour me sentir grand, adulte, responsable. Elle m'a écoutée et j'ai senti peser sur moi son regard.

Ce regard qui me faisait me sentir tellement insignifiant.

...Une oasis

Elle était ~~bandante~~ magnifique cette nana, dans sa jupe noire fendue et son tee-shirt noué en brassière. Ce n'était pas un spectacle. Peut-être une répétition. Ses cheveux étaient relevés en un chignon négligé. La sueur perlait sur son cou, ses bras, son ventre et elle bougeait, investie, concentrée, tout entière fixée sur son compagnon, ses yeux plantés dans les siens. Elle était sexy, un peu plus, à chaque mouvement de ses jambes, tension de ses cuisses, tendue sur la pointe de ses pieds nus, la bouche entrouverte, essoufflée de danser. Ils dansaient depuis des heures. J'étais installé si près de la piste qu'il me semblait sentir son odeur. Elle sentait bon. Elle sentait l'évasion. Ils terminaient de danser tandis que je terminais mon verre, l'esprit vagabond, près pour de nouvelles aventures...

- *Salut !*
- *Salut...*
- *Je suis Noah. J'ai eu une intuition que j'ai voulu vérifier... Français ?*
- *Oui.*
- *En vacances ?*

- *Ouais… Plutôt non. En voyage…*
- *Quelle est la différence ?*
- *L'intention.*
- *Qui es-tu ?*
- *Seth.*
- *Que fais-tu dans la vie, Seth ?*
- *Je suis mannequin. Enfin, je l'étais…*
- *Tu ne l'es plus donc…*
- *Si… Mais les contrats se font rares…*
- *Ah… Et, ce…voyage ? Satisfait ?*
- *Ouais, plutôt. Apaisé en tous cas.*
- *Seth… Tu sais ce que signifie ton prénom ?*
- *Assieds-toi, je t'en prie…*
- *Tu m'as fait l'impression de vouloir t'en aller…*
- *C'est le dieu de la confusion, du désordre, de la perturbation dans l'Égypte ancienne.*
- *Pour les Hébreux, Seth est porteur de compensation, de fondation. Il fut le troisième enfant d'Adam et Ève, celui qui devait remplacer Abel, le frère assassiné, celui par qui commence l'adoration de Dieu…*
- *Aussi. Il faut que j'y aille…*
- *Finalement… Où donc ?*
- *Je ne sais pas encore…*
- *C'est-à-dire ?*
- *Je vais quitter l'Argentine. Bientôt.*

149

- *Ce soir ?*
- *Je ne sais pas.*
- *De combien de temps est-ce que je dispose ?*
- *Pour ?*
- *Te faire changer d'avis. T'aiguiller. Dans ton voyage. Te montrer une nouvelle voie. Tu m'accordes quelques jours ?*

Elle habitait une petit village isolé dont je ne me rappelle pas le nom. Ils étaient tout une bande: des étudiants, des touristes, des gens qu'elle connaissait, d'autres un peu moins, résidents, de passage, artistes. Ils partageaient une sorte de case, un foutoir bon enfant. Quand certains partaient, d'autres arrivaient. On dirait qu'ils s'étaient passés le mot, qu'ils s'étaient donnés rendez-vous au bout du monde. C'était drôle. C'était cool. On ne mangeait jamais seul. On n'y était globalement jamais seul. On parlait de tout, de rien, jamais de nos vies en France. Ils étaient presque tous Français. Je ne savais pas bien ce qu'ils faisaient ni comment. Je suis resté quelques jours. Cinq jours. Nous avons marché. Nous avons parlé. Nous n'avons eu aucune espèce de relations physiques, amoureuses. Cela m'a étonné. De moi surtout. Je me suis surpris à lui raconter. A lui parler de Ness, de Téva. A apprécier cette confidente qui semblait ne rien

attendre, ne rien juger. Elle écoutait simplement.
Nous avons passé plusieurs jours, plusieurs nuits
à discuter, de ma vie, de la sienne aussi,
beaucoup moins.
Il n'y avait pas grand-chose à dire m'avait-elle
dit. Rien de plus que ce que je voyais-là. Ça
m'allait...

Elle d'abord...

- *Téva... C'était son nom. Une femme magnifique.*
- *Tu emploies souvent cet adjectif... T'en rends-tu compte ?*
- *Toujours à bon escient. Seulement quand il faut... Et, pour elle, il s'appliquait.*
- *S'appliquait ?*
- *Je crois l'avoir placée sur un piédestal.*
- *Pourquoi ?*
- *Je ne saurais le dire... Elle est... Peut-être était-elle ce que j'attendais.*
- *Et pourtant...*
- *Pourtant, quoi ?*
- *Vous n'êtes plus ensemble ? Vous êtes séparés ? C'est bien elle que tu fuis, n'est-ce pas ? C'est bien de cette peine-là dont tu te caches ici, non ?*
- *Je...*
- *Dis-moi...*
- *C'est arrivé comme ça. Je ne le voulais pas...*
- *Tu ne voulais pas, quoi ?*
- *Elle bossait. Tout le temps. Et puis, elle...*

- Elle ?
- Elle... était là, à la maison. Nous attendions Téva. On blaguait. Et c'est arrivé. Elle s'est sentie un peu coupable. D'autant que je les avais présentées. Nous n'avons jamais recommencé. Elle et moi sommes devenus les meilleurs amis du monde. On parlait d'avant, de l'époque, du collège. On se racontait nos délires. Je lui disais à quel point elle semblait inaccessible, tous les gars qui lui mataient le cul. Peut-être est-ce le souvenir de son corps d'alors qui m'a donné envie d'elle... Elle était avec quelqu'un. Cela ne l'a pas empêché de...
- Et Téva ? Elle n'a jamais su ?
- Non. Je ne crois pas.
- Tu l'aimais ?
- Qui ?
- Cette fille...
- Non. J'aimais ma femme. J'aime Téva.
- Ah oui ?
- Oui.
- Pourquoi avoir couché avec cette femme alors ?
- Elle me rendait fou. Elle voulait tout essayer avec moi. Elle semblait insatiable, tellement insaisissable, ça me faisait peur...
- De qui parles-tu ?

153

- *De Téva !*
- *Ah... De quoi avais-tu peur ?*
- *Je ne sais pas. Elle est tellement belle, tellement intelligente, tu vois ? Je craignais de n'être pas à la hauteur. Je voulais simplement qu'elle soit moins... Plus...*
- *Plus quoi ?*
- *Je ne sais pas... Moins... Libre. J'ai souvent eu l'impression qu'elle me trompait. Il me semblait ne pas la combler.*
- *T'a-t-elle donné des raisons de douter ?*
- *Je...*
- *Alors, pourquoi doutais-tu ?*
- *....*

Elle ensuite…

- *Téva a été ton premier amour ?*
- *Oui. Et non. Mon premier amour, c'est ma cousine, Colyn. C'est... C'est compliqué à expliquer. Je l'adore. Enfants, nous avons fait les quatre-cent coups. Je croyais en être amoureux. Sans doute l'étais-je d'ailleurs. Jusqu'à ce que je comprenne...*
- *Que tu comprennes ?*
- *Aucune importance.*
- *Il n'y a donc eu personne. Avant Téva. Quand vous êtes-vous rencontrés ?*
- *Il y a longtemps. Avant Téva, il y a eu Ness. Je l'ai rencontrée tandis que je n'étais encore qu'un enfant. J'ai grandi avec elle. C'est avec elle que j'ai trouvé ma voie. Que ma voie m'a trouvée plutôt. Nous avons été heureux, le temps que cela a duré. Nous nous sommes séparés. Nous sommes restés... en bons termes...*
- *Ah oui ?*
- *Oui.*
- *Et elle ? Tu l'aimes ?*
- *Non. Plus maintenant.*

155

- *C'est donc elle, ton premier amour, celui que l'on oublie pas...*
- *Tu crois vraiment à ses conneries-là ?*
- *Oui. On n'oublie pas sa première fois parce qu'elle est emplie d'innocence. On ne l'oublie parce qu'elle constitue un marqueur, le point de départ. Avant elle, il n'y a pas matière à comparaison. Elle est unique, la première fois. Elle est précieuse. Elle est belle pour tout ça, la première fois...*
- *Ouais...*
- *La première fois, rien ne t'empêche d'y croire. Il n'y a pas de blessures. Il n'y a pas de déceptions. Il n'y a que l'envie d'y croire, la foi en vous, en l'instant...*
- *Si dans chaque rencontre, tu vois l'occasion de recommencer, de tout recommencer à zéro, de faire table rase du passé, chacune est une première fois.*
- *C'est très beau ce que tu dis. Pourtant, si tu fais systématiquement table rase du passé, à chaque rencontre, tu ne comprends rien. Pourquoi il y a t-il eu séparation ? Pourquoi le couple n'a-t-il pas tenu ? Pourquoi cela n'a t-il pas marché ? Qu'ai-je à y voir ? Comment ne pas le reproduire ? Quand tu fais systématiquement table rase du passé, tu n'apprends rien. Tu ne grandis pas. Tu ne*

mûris pas. Tu te condamnes à reproduire les
mêmes erreurs, à tourner en rond.

- *Pas forcément...*
- *Ah, oui ? Comment justifies-tu la*
  séparation ?
- *Par la différence. L'inadéquation plutôt.*
- *La différence n'entre dans l'équation que*
  pour magnifier la relation, tu ne crois pas ?
  C'est la différence, ce que l'on fait de nos
  différences, qui l'enrichit, la renforce, la
  transforme. Quand à l'inadéquation, qui la
  signifie ?
- *Les faits.*
- *Je vois. Reste que si la première fois est*
  unique. Rien empêche la seconde, la
  troisième, la vingtième, d'être exceptionnelle.
  Pourvu d'avoir la foi...

Elle... Enfin

- *Il faut que je m'en aille, Noah...*

Noah est danseuse.

Elle est venue ici, en Argentine, pour affiner sa connaissance du tango. Elle danse depuis une dizaine d'années. Elle a dansé dans le monde entier ou presque. Elle a passé beaucoup de temps dans la Caraïbe et en Amérique Latine, par qu'elle en apprécie les rythmes et les sonorités, pour saisir l'origine des mouvements qu'elle juge inconcevable d'emprunter sans en comprendre l'essence créatrice, la substance, dit-elle. Elle envisage, de plus en plus sérieusement, d'enseigner, de fonder une école, des écoles, de retour en France. L'idée n'est qu'en germe. Rien n'était clair encore. Elle lui donne le temps. Mais elle sent qu'il peut s'agir-là de la suite logique de ses pérégrinations...

- *Okay... Tu me tiens au courant ? Tu me donnes de tes nouvelles ?*
- *Sans problème... J'ai été content de te rencontrer. Je suis heureux de te connaître. Je repars rejoindre Nathan au Brésil. Je crois*

158

que je resterai là-bas un peu encore. *Avant de rentrer.*

- Oui. Je peux comprendre. Tu ne pourras pas fuir tout le temps, Seth. Il te faut te poser les bonnes questions. Les vraies. Les seules qui vaillent. J'espère que tu le sais...
- Lesquelles ?
- C'est à toi de les trouver.
- Je n'ai pas l'impression de fuir. Plutôt de prendre le temps. Tu vois ?
- L'essentiel n'est pas ce que je vois, Seth. Mais que ce que toi tu vois. Et peut-être aussi ce qui est. Je ne veux jouer les moralisatrices, ni les donneuse de leçon. Seulement te faire savoir que j'ai entendu tout ce que tu m'as dit. Appelle-moi... Dès lors que tu en ressentiras le besoin. J'aime écouter. Il se peut que je passe faire un tour là-bas, au Brésil. Si tu es encore là...
- Okay : on passera un moment ensemble.
- C'est dit. A bientôt, alors ?
- Oui. A bientôt.

Authenticité, etc.

Le mannequinat, c'était terminé. Je voulais passer à autre chose. Il le fallait L'appartement était vendu. Je louais un vieux loft au Nord de Paris. Ça m'allait. Ça bougeait pas mal. Les voisins étaient sympas.

J'avais envie de quelque chose qui me soit propre. Je n'étais pas un créatif. Il me semblait cependant que le milieu, la mode avait laissé des traces, qui se mariaient pas mal avec mon histoire personnelle, familiale. L'idée m'est venue après un dîner avec des potes, des publicitaires ou des gars de la com', je ne sais plus, cela n'a pas grande importance... L'idée ?

Une marque. Lancer une marque de fringues.

Ce soir-là, les mecs étaient tous en tee-shirts/jean. Malgré l'uniforme, ils cherchaient tous le truc, pour se démarquer. Puisque nous étions si nombreux à quêter les grands espaces, puisque les aventuriers étaient les héros des temps modernes, j'en ferai des héros. J'amènerais les grands espaces en ville. Chapeaux, ponchos, colliers, bracelets et autres accessoires, couleurs brutes, brunes, plaines et poussières, silhouettes tassés et enveloppées en hiver, totems, mâlâ et autres porte-bonheurs sans tabou en été, originalité, authenticité, pureté des matières et des caractères.

Quel espace ?

De l'espace. Un endroit brute, sans fioriture. Du bois. Un loft, des tapis, la pampa à Paris. Dans le Marais. Dans le centre, quoi qu'il en soit.

Et pour la communication ?

Mes voisins, pour commencer. Reprendre contact avec d'anciens potes du milieu. Ameuter quelques copines.

- *Des accessoires en provenance du monde entier, pour les hommes surtout, de l'ethnique, de l'éthique, du durable, qu'en pensez-vous ?*
- *C'est une super idée ! Le bon plan, au bon moment.*
- *Bon alors, vous allez me donner un coup de main ?*
- *Et comment ? Trouve l'endroit. Fais ce que tu dois. Je connais un bon disc-jockey.*
- *Je me charge des concerts, des événements pour te ramener du monde....*
- *Assure l'esprit. Insuffle une âme à ton espace surtout. Le commerce pour le commerce, c'était avant...*

161

– *J'en parle déjà aux blogueurs. Mais dis donc : tu vas l'appeler comment ton endroit ?*

– *Deva.*

Nostalgies

Claude, cadre infirmier, ne sort pas beaucoup. André mène une vie aussi tranquille. Professeur des écoles, il est, depuis peu, directeur d'établissement dans un quartier difficile. Son boulot est prenant mais il l'adore. Il passerait des heures à causer des gamins, des projets, des programmes, de la chance que l'on ne saisit là-bas, d'essayer de nouvelles choses, de s'ouvrir aux nouvelles méthodes d'apprentissages. Il adore les enfants. La jeunesse le passionne. Il a épousé sa compagne, il y a cinq ans. Ils ont quatre enfants, une véritable tribu. Ils sont heureux. C'est un homme heureux. Il l'a toujours été. Gilles, célibataire, partage avec lui cet intérêt pour la pédagogie. Étienne, dont nous ne recevions que peu de nouvelles – nous en recevions quand même, c'est peut-être l'essentiel après tant d'années...- a atteint ses objectifs : il aide. Lui aussi aime, Léa, depuis des années. Lorsqu'il nous arrive d'être ensemble, que je les vois évoluer dans leur vies de famille, je ne peux pas m'empêcher d'avoir un pincement au cœur. Qu'est-ce que j'ai raté ?

Qu'est-ce que je n'ai pas fait ?

Pourquoi est-ce que, moi aussi, je ne suis pas heureux ?

Est-ce l'apanage de certains, de quelques uns d'entre nous, les plus méritants ? Mais est-ce bien ce dont j'ai envie ?

Est-ce bien de cette vie dont j'ai envie ?

J'ai retrouvé un peu de ma légèreté d'adolescent en Amérique du Sud. Je l'ai ressenti en ressentant le poids des années: mon fils, Téva, le bilan, négatif. Je bataillai entre mes souvenirs, ma nouvelle vie d'entrepreneur et le grand bordel de ma vie sentimentale lorsque j'ai reçu des nouvelles de Noah. Elle était rentrée depuis quelques mois, pour ouvrir une école de danse. Les choses suivaient leur cours. Elle n'avait pas à se plaindre. L'engouement pour les rythmes latino-américains allait grandissant ; Elle bossait encore sans que cela ne représente une contrainte. Elle commencerait par une petite école. Elle essaimerait ensuite en province. Je devais me souvenir de la petite bande, celle que j'avais croisée là-bas ? Certains l'avaient rejoint. Ils bosseraient ensemble. Il y a avait des percussionnistes, et d'autres danseurs. Ils habitaient un loft prêté par les parents d'un ami resté en Argentine. C'était un peu le foutoir, comme d'habitude, quelle importance !

Elle pensait à moi quelquefois, à nous. Elle voulait savoir si nous pouvions nous revoir. Je n'ai pas répondu tout de suite. J'ai attendu. Un mois. Peut-être plus. Elle n'en a pas été choquée. Elle savait que j'avais besoin de temps. Elle connaissait mon histoire. Alors, elle a insisté. On s'est vus. On a bu un verre. On a rigolé. Elle m'a dit être passé au Brésil sans chercher à me retrouver, pensant, sachant que je n'y resterai pas.

Comment l'avait-elle su ?

Je montrais déjà, selon elle, des signes d'ennui lorsque nous nous sommes rencontrés. Il lui semblait que l'aventure arrivait à son terme. On s'est quittés bons potes. Elle m'a proposé d'apprendre à danser la salsa, en souvenir du bon vieux temps. Elle m'a dit de ne pas hésiter à en parler à mes potes, ceux dont je lui avais parlé. Pourquoi pas, lui ai-je répondu.

Et puis, un jour...

Je lui ai présenté André, Claude et Gilles qui appris à danser. Claude aussi a appris, en famille, avec sa femme. Colyn n'a pas accroché. Tant mieux : Noah non plus. Elles sont restées courtoises, souriantes mais elles ne seraient pas copines. C'est peut-être mieux ainsi. De repartir sur un terrain complètement vierge, sans passé commun avec quiconque. Cette histoire, si elle devait exister, n'appartiendrait qu'à nous.

Les nouveaux danseurs de salsa ont cette tendance à ne se retrouver qu'en terrains connus, ceux ont ils pourront éprouver leur nouvelle compétences, ceux où ils pourront comparer leur progrès. Nous avons donc participer au grégarisme des néo-salseros. Nous avons dansé souvent. Nous nous sommes amusés ensemble. Entre Noah et moi, rien de physique, sinon nos danses. Prendre le temps.

Même s'il devenait clair que nous étions plus que des amis.

Prendre le temps. Pourquoi pas.

Prendre le temps d'autant que je ne ressentais aucune attirance... particulière. Elle était belle lorsqu'elle dansait mais il y avait autre chose. Le club me suffisait. Il me distrayait. Il m'occupait. Il me l'avait sortie de l'esprit. Elle m'avait appelé. Elle m'avait su de retour. Elle m'avait su seul. Elle a cru que nous pourrions recommencer. Mais cela ne se peut pas. Cela est impossible.

La vie filait.

Il en a été ainsi une année environ.

Un soir, - quel cliché... - Noah et moi avons un peu forcé sur la tequila. Je l'ai ramenée à la maison. Nous avons fait l'amour. Elle était emplie d'affection, de patience. Il n'y avait pas de défi, pas de course, pas de compétition. Juste de l'attention, beaucoup d'attention. Elle se mettait à ma disposition et s'offrait sans rien n'attendre. C'était peut-être ce dont j'avais besoin. Voilà peut-être simplement ce dont j'ai envie. Nous nous sommes endormis dans les bras l'un de l'autre.

Je me suis laissé porter. Je me suis laissé glisser dans cette nouvelle vie. En tentant, dans la mesure du possible, d'oublier l'ancienne.

Étais-je heureux ?

J'avais en tout cas l'esprit tranquille. Deva marchait mieux que je n'avais pu l'envisager. Noah et moi avons eu une fille puis une autre, quelques temps après. Il avait fallu sonné la fin des conneries.

167

L'heure du choix était venue.
Je devais faire le bon.
Il me semble l'avoir fait.

Sache que je...

Il y a des ombres dans " je t'aime "
Pas que de l'amour, pas que ça
Des traces de temps qui traînent
Y a du contrat dans ces mots là

Il y a mourir dans " je t'aime "
Il y a je ne vois plus que toi
Mourir au monde, à ses poèmes
Ne plus lire que ses rimes à soi

Un malhonnête stratagème
Ces trois mots-là n'affirment pas
Il y a une question dans " je t'aime "
Qui demande " et m'aimes-tu, toi ? "

Alors sache que je
Sache-le

Jean-Jacques Goldman

Un malhonnête stratagème...

– *Calme-toi...*
– *Non... Veux pas ! veux pas ! Partir ! Je n'aime pas ça ! Dégueulasses ! PARTIR ! PARTIR !*
– *NON !   Tu   te   calmes ! IMMÉDIATEMENT !*
– *NAN ! NAN ! MAMAN !*
– *Écoute, Sylla, ça suffit ! Tu arrêtes immédiatement !*
– *MAMAN ! MAMAN !!! AAAAHHH !*
– *SYLLA !....*
– *Seth, ça suffit. Ça ne sert à rien de s'énerver ; Tu ne fais qu'envenimer la situation. Elle est fatiguée...*
– *Quoi, ça suffit ! Tu lui donnes raison dans tout ce qu'elle fait ! Tu trouves cela normal de crier comme ça, en public ?*
– *Là n'est pas la question ! Ce n'est qu'une enfant, Seth. Il te faut faire preuve de patience...*
– *De patience ? Mais tu te fous de ma gueule !!!... Bon, c'est bon...*
N'importe quoi !

Nous étions au restaurant et Sylla, comme à son habitude n'en faisait qu'à sa tête. Elle était capricieuse, un caractère atroce, des crises à n'en plus finir, des hurlements... Et ce n'était pas la première fois. Cette enfant me tapait sur les nerfs. Et sa mère qui lui passait tout, qui excusait tout. Sylla a deux ans et c'est un tyran. Noah a considérablement réduit son activité pour s'occuper des filles. Plus encore à la naissance de Margot.

Margot, un an, est un amour. Elle est calme, sage, pour l'instant. Lorsque j'ai su la seconde grossesse de Noah, j'ai été heureux, bien sûr. Malgré l'impression de n'avoir pas eu suffisamment de temps... de n'avoir pas eu suffisamment de temps seul avec elle. A peine avais-je eu la sensation d'être au calme que les filles ont envahi l'espace.

Soyons clairs : j'adore mes filles mais ce n'est pas là ce que... J'ai besoin d'espace. Je me sens coincé dans cette vie. J'ai l'impression d'étouffer.

Noah avait de l'ambition. Elle avait prévu tellement choses. Elles les a brutalement mises de côté pour se focaliser sur les filles. J'aimais ces moments de solitude et de silence, quand les mots n'avaient que peu d'importance, quand rien d'autre que nous ne comptait. Lorsque je rentrais à la maison, je me sentais en sécurité, apaiser, au calme, protégé, rassasié par nos regards, de caresses. La vie avait été tellement simple, si tranquille.

Et puis, les filles sont arrivées.

Et Noah, qui envisageait des écoles de danse dans le monde entier, la femme ambitieuse, la danseuse de rêve s'est transformée en chantre de la maternité. Durant sa grossesse déjà, elle n'était que lectures, découverte de son corps, *Neuf mois* par-ci, *Parents* par-là, Dolto surtout et ses héritiers. Elle prévoyait tout: leur environnement, leur éducation, leur confiance qu'elle souhaitait infaillible. Nous avons déménagés, dans une ville plus calme, éloignée de la capitale, éloignée de ma vie, de celle que j'avais connue jusqu'ici, de celle que j'aimais. Nous résidions une maison, avec un jardin, parce que « *c'est mieux pour les enfants* ». Elle voulait des animaux, pour les filles. Elle voulait un environnement sûr. Elle travaillait à temps partiel désormais, ne gérant que de loin en loin les affaires administratives. Son adjointe et amie, s'occupait du reste. Noah participait bien aux sessions de recrutement des nouveaux professeurs mais je sentais bien que ce n'était plus sa priorité, que ce n'était pas l'important. Je sentais que sa maternité constituait désormais le point d'orgue de sa vie, que cela ne ferait qu'empirer.

J'ai une surprise pour toi !

- *Salut ma puce ! J'ai une surprise pour toi !..*
- *Oh oui ? Quoi donc ? Je termine un moulage pour l'école, pour Sylla...*
- *Moui...*
- *Tu as passé une bonne journée ? Tout se passe bien ? Tu as l'air étrange ? Tu ne m'as rien dit de cette idée de Tom, de monter une boutique à Londres, depuis l'autre fois. Tout va comme tu veux ?*
- *Ça avance, mais il ne s'agit pas de cela. Voilà : je nous ai pris deux billets, pour les Seychelles, pour la semaine prochaine ! La mer, le soleil, des plongées, le spa...*
- *Quoi ? Mais... L'école ? Le boulot ? Et... Les filles ? Sylla ne peut pas manquer une semaine de cours comme ça...*
- *Il ne s'agit que de nous, Noah...*
- *Tous les deux ? Seuls ?*
- *Écoute, on peut prendre un temps pour nous. On pourrait prendre quelqu'un ... Leur nounou ne pourra pas ?*
- *Tu sais bien qu'elle ne bosse que quelques heures dans la journée. Ce n'est qu'une*

étudiante qui donne un coup de main ; impossible de la mobiliser une semaine... C'est moi qui m'occupe de Manon durant la journée. Et je n'aime pas la confier à des personnes étrangères, tu le sais bien. Elle est timide et...

- *Noah : je veux simplement que nous puissions passer un moment ensemble, tous les deux. Rien que tous les deux. Une semaine. Ce n'est pas trop demander, je crois ?*
- *Seth, on peut remettre cela à plus tard, si tu veux. On va se préparer, voir avec nos parents... Pour les vacances, qu'en penses-tu ?*
- *Oui. Mais ce ne sera plus une surprise, Noah... Ce ne sera pas spontané...*
- *C'est sûr mais ce me fera quand même très plaisir... Merci, mon amour. Merci de penser à nous... Alors, raconte-moi, cette boutique...*

Des ombres dans « Je t'aime »

- *Seth, j'envisage d'arrêter l'école...*
- *C'est-à-dire ?*
- *J'envisage de me consacrer pleinement aux filles...*
- *Noah, nos deux revenus nous assurent une vie tranquille. Je ne suis absolument pas convaincu qu'un seul revenu soit suffisant...*
- *Je vendrai mes parts de l'école à Michèle. Elle est d'accord pour...*
- *Tu veux dire que tu en as déjà parlé à Michèle ? Avant de m'en parler ?*
- *Ne le prend pas comme cela. Ne soit pas obtus...*
- *Obtus ? C'est une décision qui nous concerne d'abord. Elle appartient de prime abord à notre famille. Je... Je ne suis pas du tout convaincu de vouloir assumer la responsabilité de... Cette responsabilité-là.*
- *De quelle responsabilité parles-tu ? Celle de père, c'est ça ?*
- *Il ne s'agit pas du tout de cela. Ce n'est pas le genre de famille que nous envisagions. Nous devions vers quelque chose qui ne nous*

ressemble pas...

- *Je ne comprends pas... Ce ne serait que pour quelques temps, quelques années peut-être... J'adore danser, tu le sais bien. Mais j'ai envie d'être avec les filles pour le moment. Quel mal il y a t-il à cela ?*
- *Il n'y a aucun mal. C'est simplement que...*
- *Oui ? De quoi s'agit-il, Seth ? Nos filles ne sont-elles pas ce qu'il y a de plus important pour nous ? Pour toi ?*
- *Si. Bien sûr mais... Mais il y a le reste. Tout le reste...*
- *Quel reste ? De quoi parles-tu ? Nous avons bien assez pour mener une vie tranquille. La vente des parts de l'école nous apportera un revenu plus que confortable. Et puis nous avons des économies. Ta boutique rapporte bien assez pour...*
- *Oui, mais, toi ? Que vas-tu faire ?*
- *Je vais m'occuper des filles, Seth ! J'ai envie de me consacrer à elles, à leur éducation. J'ai avoir de prendre le temps, tu comprends ?*
- *...*
- *Écoute : ne t'inquiète pas. Voilà ce que je te propose. Je vais conserver mes parts de l'école. Au cas où. Si cela peut te rassurer. Et rester avec les filles, au moins jusqu'à ce*

qu'elles entrent à l'école. Ensuite, nous verrons. Tu veux bien ?

Sylla est entrée à l'école. Manon a suivi. Noah était plus que jamais concentrée sur les filles et leur éducation.
Moi, je me suis senti... floué.

Mon tout

Ma mère s'est toujours occupée de tout. L'idée
de se lancer dans les affaires venait d'elle. Elle a
commencé très jeune, dans un boutique de tissus.
Pourquoi ? Je n'en ai absolument aucune idée :
elle ne me l'a jamais dit. D'où lui est venue cette
passion ? Je ne le sais pas plus. Elle était là. Nous
avons grandi avec. Voilà tout. Son opiniâtreté, sa
rigueur en ont rapidement fait l'une des
principales vendeuses puis la responsable du
magasin, à tout juste 25 ans. Et puis, je suis né.
Elle n'a pris que quelques jours de congé. Et puis,
elle est retournée au travail. Dans les deux années
qui ont suivies, elle prenait la responsabilité du
magasin. A 30 ans, elle lançait son affaire.
Elle était fière, orgueilleuse, travailleuse,
obstinée. Elle ne s'en laissait conter par
personne. Mon père et ma mère se sont mariés
quelques années auparavant. L'aimait-elle ?
Incontestablement.
J'ai déjà dit, je crois, toute l'admiration, tout le
respect que nous avions pour elle. J'ai déjà
mentionné son influence également, sur nous
tous. Ils se sont retirés des affaires, il y a peu. Ils

vivent chez nous et n'ont, à mon sens, pas grand chose à partager. Outre leurs vieux jours. Outre cette maison.

Ils semblent heureux pourtant.

Ils devaient l'être avant qu'elle ne casse tout.

Revenir

J'ai frappé. Elle a ouvert. Elle ne m'attendait pas ce soir-là. Bien sûr qu'elle m'attendait. Elle m'attendrait toujours. Elle n'a pas tenté de m'empêcher. Elle savait ce que je voulais. Elle s'est adossée au mur, a lentement détaché sa robe de chambre. Et puis, elle a écarté les jambes et je me suis agenouillé.

Elle une main sur ma tête. Je tenais fermement ses fesses. Elle se mouvait péniblement, freinée par la pression de mes mains. Brusquement, elle a crié. Je l'avais mordu. Ses jambes flagellaient. Elle tremblait. Je l'ai jetée sur le sol. Je l'ai retournée et je l'ai prise.

- *Seth ?*
- *....*
- *Je suis enceinte...*
- *Oui. Et ?*
- *Comment ça 'et' ? Je suis enceinte de toi.*
- *De moi ? Mais qu'est-ce que tu racontes ?*

J'ai accéléré. C'est venu. Je me suis lâché. Je me suis levé. Je l'ai regardée, couchée face contre

terre. Elle faisait pitié. Elle pleurait. Il ne manquait plus que ça. ~~Putain : mais qu'est-ce que je foutais-là ?~~
~~Qu'est-ce que je foutais encore chez cette fille ?~~

> – *Je suis enceinte, Seth. Je suis enceinte de toi.*
> – ...

Avant de sortir, j'ai regardé la chambre de son fils.
Du bordel, des murs noirs et blancs, comme un drapeau à damier, un schéma détaillant l'ossature d'une voiture de course, des posters de Lewis Hamilton, une tenue de pilote, le ticket d'un Grand prix punaisé à sa porte…
Il semblait passionné de courses automobiles.
Jamais il ne me l'a dit. Je ne suis pas sûr de lui en avoir laissé l'occasion.

Faire au mieux

Les enfants se connaissent, bien sûr. Noah l'a souhaité. Nous essayions de les réunir au moins une fois par mois. Ils s'apprécient. Jusqu'ici, ils ne m'ont pas posé de question. Sur leur différence d'âge. Sur nos histoire d'adultes. A cet âge-là, les enfants se contentent de la vie comme elle vient.

- *Sylla me fatigue avec ses caprices, papa...*
- *Ouais... Moi aussi, fils... Comment ça se passe à l'école ?*
- *Mof...*
- *Il faut que tu bosses. Okay ?*
- *Okay...*
- *Qu'est-ce qui se passe ? Je te trouve grognon...*
- *Rien...*
- *Si... Dis-moi...*
- *Noah m'a disputé hier, pour la télé. Parce que je ne voulais pas regarder un truc de bébé. Finalement, elle a mis ce truc débile-là... Pour Manon...*
- *Et ça t'a embêté...*

- *Ouais…*
- *Je sais. Bon, je lui parlerai…*
- *Elle ne t'écoutera pas… Elle donne toujours raison à Manon et Sylla…*
- *Ouais. C'est sûr… Ça m'énerve aussi…*
- *Tu vas rester avec nous ce soir ? J'ai plein de trucs à te raconter. Tu sais, j'ai…*
- *Non. J'ai des trucs à faire…*
- *Quels trucs ?*
- *Cela ne te regarde pas, Jeremiah, okay ? Je n'aime pas ce type de question. C'est compris ?*
- *Oui. Bon ben, amuse-toi bien…*
- *Toi aussi. Je crois que Noah a prévu quelque chose…*
- *Okay…*

Je fais au mieux. Entre le boulot et tout. Mes gamins sont tout pour moi. La prunelle de mes yeux. Tout. C'est pour eux que je bosse. C'est pour eux que je fais tout ça. Pour leur laisser quelque chose. Pour lui faire une vie plus facile que la mienne.

22h.

Il est temps d'y aller.

183

Par respect pour eux

Un hormis, j'ai croisé mes associés sur des shootings.
Nous avons sympathisé. Ils sont devenus des proches, des amis. Certains ont des familles, d'autres pas. On s'est dit, il y a longtemps, que ce cercle-là, ce club, nous simplifierait pas mal la vie. Plutôt que de traîner, de bars en soirées, de finir avec n'importe qui, autant monter quelque chose, autant faire les choses bien. Quand j'ai lancé l'idée, j'allais mal. Et puis, il y a eu Téva. J'ai pris mes distances. Les 'gars' ont peaufiné le truc. Ils ont parachevé le projet. Ils l'ont lancé. Depuis, ça cartonne.
Plutôt que fréquenter n'importe qui, nous avons crée un site de rencontre, suivant nos règles, avec celles et ceux qui souhaitent nous suivre. Des filles, nous en connaissions des tas, des géniales, qui circulaient dans le milieu, sur les plateaux, alentours,qui aimait faire la fête, qui ne posaient pas de questions, qui voulaient en être, qui ne feraient pas de problème. On a commencé petit. On a commencé un soir, chez l'un d'entre nous. Et puis, les choses se sont

institutionnalisées.

Elles se sont formalisées.

Au début, nous n'étions que cinq : trois filles, trois garçons. Rapidement, le groupe s'est étoffé. Nous sommes devenus un réseau, organisé. Le noyau dur est constitué d'une vingtaine de fidèles. Il peut y avoir jusqu'à une centaine d'invités, de tous horizons, pourvu qu'ils soient parrainés. Par confort. Pour garantir une certaine discrétion. Parce qu'une fois intégré le cercle, seul le plaisir doit compter. Nous l'avons pensé pour nous simplifier la vie, comme une parenthèse, un instant suspendu, comme une alternative. Tout se décide en quelques jours : le lieu, l'ambiance puis un serveur transmet la veille, information et mot de passe aux invités, par texto.

La soirée commence à 22h. Elle s'achève au petit matin. Une règle donc : le plaisir. Le plaisir du plus grand nombre. Le plaisir quel qu'en soit la forme, de la musique en bruit de fond, lumières tamisées, voilages, méridiennes et tables basses pour se reposer, pour boire un coup . Des lits, des tapis, des coussins, une décoration sobre, légère : elle n'existera plus la fois suivante.

La fois suivante n'existe pas.

Pas encore. Existera-t-elle ?

Nous avons eu une idée, elle a rencontré un

énorme succès parce que nous avons tous besoin
de changer d'air, de respirer. Nous avons besoin
de voyages. Nous avons besoin de légèreté.
Les soirées commencent tôt et s'achèvent tard.
Peut-être est-ce le contraire.
Jamais, quoi qu'il en soit, je ne suis resté jusqu'à
la fin. Colyn non plus.
Par respect pour lui.
Par respect pour elles.

Pas une minute à perdre

Les derniers détails ont été réglés il y a quelques mois. Londres n'est pas Paris. Quand un filon fonctionne, il faut en profiter, battre le fer tant qu'il chauffe. Renseignements pris auprès de mes camarades, d'anciennes fréquentations, de clients, le meilleur placement actuellement était Londres.

Prudent, j'ai commencé par m'y rendre pour m'en assurer, de plus en plus souvent, pour prendre le pouls du marché d'abord, comprendre la clientèle, ses attentes. Pour (me) mesurer (à) la concurrence. Pour trouver le meilleur emplacement enfin. Il me faudrait innover. Je ne pouvais décemment pas user des mêmes recettes dans deux villes qui se ressemblent si peu, m'avait expliqué Tom. Il est brillant. C'est un génie. J'ai eu l'occasion de travailler avec lui, au début de ma carrière. Jeanne disait de lui qu'il serait l'un des plus grands créateurs de notre temps. Il avait l'œil. Il avait du flair notamment pour sentir les tendances. Elle ne s'y était pas trompée. Elle ne s'était globalement trompée sur rien. Quand j'ai eu besoin de conseil, c'est

187

naturellement vers Tom que je me tourné. Il m'a donné un coup de main pour fignoler les détails de la boutique parisienne. Nous étions partenaires sur la création de la boutique londonienne. Nous l'avons installée non loin d'Oxford street. Je me chargeai du fond, de la marchandise, lui de la forme, de l'architecture d'intérieure à la communication. Il nous aura fallu un an. Une année pour installer la boutique. Paris, Londres, São Paulo, Buenos aires, La Paz ou Santiago : je n'avais pas une minute à moi. Noah s'occupait des filles. La maison tournait.

Elle n'avait eu de cesse de me harceler...

> – *Seth, j'ai besoin de toi. Pourquoi m'abandonnes-tu ? Ne me laisse pas. Je n'en peux plus de ces silences. Je t'en supplie...*

Tom s'en sortait comme un chef. Quelques mois après notre installation, un acteur bien connu arborait l'un des nos pièces originales, nous avions été mentionné par deux magazines.

> – *Seth, rappelle-moi, s'il te plaît ? Au nom de tout ce que nous avons été ! Dis quelque chose... J'ai toujours été là pour toi. Tu ne serais rien sans moi...*

Noah ne travaillait plus. Elle était une femme au foyer à part entière et semblait parfaitement heureuse. Les filles avaient changé d'établissement pour intégrer une école à la pédagogie particulière, au nom compliqué, un nom que je n'ai pas retenu. Ils ont récemment organisé une énorme fête à la maison, dans le jardin, avec les garçons. Je ne sais plus pourquoi. Je n'ai pas tout compris. Il n'y avait pas beaucoup de réseau. Je n'avais pas beaucoup de temps.

   – *Cela ne se passera pas comme ça, tu m'entends ? Tu vas me le payer...*

Plan large (2)

Je suis rentré tard.
Je n'étais pas en voyage.
Je devais être au boulot.
Je devais être...
Je suis rentré un plus tard que d'habitude. Une brise fraîche faisait flotter les rideaux du salon. La maison ne sentait rien. Elle ne sentait ni les biscuits au four, ni le gâteau au beurre, ni le rôti. Elle ne sentait pas le lait de toilette des filles. Elle ne sentait rien.
Les lumières étaient éteintes. Surpris, j'ai fait le tour : les chambres des filles étaient soigneusement rangées. La nôtre semblait différente. Je suis redescendu à la cuisine...

- *Comment as-tu pu faire une chose pareille ?*
- *Qu'est-ce qui se passe ? Où sont les filles ?*
- *J'ai reçu un appel de...*

Elle ficherait donc toujours ma vie en l'air ?
Pourquoi ne me laissait-elle pas en paix ?
   – *Noah, je t'en prie...*
   – *Non, Seth. Je ne veux rien savoir. Je ne*

veux rien entendre de plus. Ce que je sais
est suffisant. C'en est déjà trop...

Elle est partie. C'est elle qui a engagé les
démarches pour vendre la maison quelque
semaines plus tard. Je vivais à l'hôtel depuis notre
discussion. Elle partirait, avec les filles. Elle ne
savait pas encore précisément où. Nous
formaliserions les visites au fur et à mesure. Elle
comptait sur mon sens des responsabilités. Elle
comptait sur une certaine bienséance. Je la
rassurai sur ce point. Je n'avais pas compris
qu'elle parlait d'Élise, la petite fille qui venait de
naître. Cette petite fille que je ne connaissais
pas. Cette petite fille que je ne reconnaîtrai pas.

Un message (encore)

J'étais à Londres lorsque j'ai reçu un énième message menaçant auquel je n'ai pas répondu. De passage à Paris, je suis tout de même allée la voir.

- *Tu ne t'en sortiras pas cette fois, Seth. J'en ai vraiment marre de servir de marchepied depuis quinze ans...*
- *Je ne te force pas. C'est toi qui ouvre. C'est toi qui accepte.*
- *Tu n'es qu'un enfoiré. Qu'est-ce que je t'ai fait, Seth ? Qu'est-ce que j'ai fait pour mériter pareil traitement ?*
- *Tu as ouvert la porte, Ness.*
- *Je t'aime, Seth. Ça fait des années que je t'aime, que j'accepte tout, parce que je t'aime. Tout. Je ne cherche plus à te comprendre ni à te changer. Je t'accepte, c'est tout. Tout entier...*
- *Mais je ne t'ai rien demandé.*
- *Nous avons deux enfants, Seth...*
- *Ce n'est pas ma fille.*
- *De qui est-elle ? De qui d'autre peut-elle*

être ! Chaque fois que je tentais de m'éloigner de toi, de refaire ma vie, tu revenais. Il n'y a jamais eu personne d'autre que toi.

- *Ce n'est pas ma fille !*
- *COMMENT OSES-TU ? Pour qui me prends-tu ? Tu crois que nous sommes tous comme toi, Seth ? Tu n'es qu'un porc ! Mais crois-moi, crois-moi, cette fois, tu vas payer…*
- *Et que comptes-tu faire ? Qu'est-ce que tu crois pouvoir faire ? Pauvre fille…*
- *Tu vas me cogner ? Encore ? Vas-y !*
- *Ecarte-toi de mon chemin.*
- *Je dirais tout. Je raconterai tout. Tu ne seras plus rien. Plus personne ne voudra plus jamais de toi.*
- *Et que raconteras-tu ? Qu'y a-t-il à « raconter » ? Quelqu'un t'a-t-il contrainte à m'ouvrir ? Quelqu'un t'a-t-il contrainte à rester ? Tu aurais pu tout arrêter. Tu ne l'as pas fait. Tu ne l'as pas fait parce que tu es incapable de te démerder seule. Tu es incapable de prendre ta vie en main. Tu es incapable de t'en sortir sans moi. Tu n'es rien sans moi, Ness. Tu n'es qu'un sangsue. Noah est partie, c'est bien ce que tu voulais ? Il t'est intolérable de me savoir heureux avec quelqu'un d'autre que toi. Sache une chose*

seulement : jamais, jamais je ne serai avec toi. Jamais plus, tu m'entends ?
Jamais.

Épilogue

Vous êtes assigné à comparaître dans le cadre d'une d'action de recherche en paternité...

J'ai d'abord cru à une blague.
Elle ne pouvait pas descendre aussi bas. Et pourtant.
Elle les avait appelées.
Elle a appelé Téva. Et Noah.
Pour obtenir d'elles des témoignages, des lettres, des preuves. Elles l'avaient assurée de leur soutien mais quelle preuve, outre sa parole, avaient-elles ? Attention : elles ne mettaient pas en doute sa probité. Simplement, elle ne pouvait attester sur leur honneur une paternité dont elles ne pouvaient avoir l'absolue certitude. Elles la soutiendraient cependant. De tout leur cœur. Parce qu'elles compatissaient.
J'avais été un salaud. L'avoir traitée ainsi, toutes ces années, c'était dégueulasse.
Si elles avaient su...

-   *Tu étais au courant, Colyn ?*
-   *Non. Elle ne m'ont rien dit, tu t'en doutes...*

- *Je suis dans la merde à cause de cette salope et...*
- *Tu es dans la merde parce que tu as fait n'importe quoi. Un enfant ? Encore ? Non, mais sérieusement ?*
- *Ce n'est pas ma fille, Colyn.*
- *Oui, bon, nous serons fixés bien assez tôt. Ne refuse surtout pas le test de paternité. Si tu es sûr de toi, ne le refuse pas.*
- *Je ne l'ai même pas envisagé.*
- *Pourquoi y retournais-tu, Seth ? Pourquoi fallait-il que tu y retournes ?*
- *Je n'en sais rien. J'ai presqu'envie de te poser la même question.*
- *Je n'y retournais pas, Seth Elle n'a jamais cessé de venir à la maison.*
- *C'est tourner les circonstances de fort belle manière tout en leur conservant le même résultat, Colyn...*
- *En effet. Le fait est que je n'ai jamais fait semblant.*
- *Moi non plus.*

Les analyses ont confirmé qu'elle n'était pas ma fille. Cela ne changerait rien : elle obtiendrait ce qu'elle cherchait depuis le début. Elle avait conservé notre appartement. Je devrais lui payer des subsides puisqu'elle a pu prouver, sans grand mal, des relations intimes alentours de la conception de sa fille. Elle continuerait de vivre à mes crochets. Sans doute à ceux de Colyn également.

C'était de bonne guerre.

Mais ce n'était pas suffisant.

Non contente d'avoir démoli ma vie de famille, elle avait contacté ma mère. Elle avait insisté pour obtenir un rendez-vous, arguant de révélations 'd'une importance capitale'. Ma mère l'avait donc rencontrée. Elle l'avait écoutée se répandre en détails sordides, un peu plus d'une heure. Elle avait ainsi vu son jugement sur Ness confirmé et cela n'avait fait qu'accroître sa colère envers moi. Elle a conservé le silence un temps certain. Jusqu'ici, plusieurs mois après les faits, elle ne m'appelle que pour savoir si je me porte bien mais refuse encore de me voir. Ness lui a tout dit parce qu'elle savait tout.

Elle savait pour Léti.

Elle a su pour Jeanne.

Elle a su pour toutes les autres même celles dont j'ai oublié le nom.

Elle savait pour l'endroit.

– *Tu as toujours su ce que je ressentais pour elle...*
– *Tu m'as piégé.*

197

— *Tu... Tu sais que jamais je n'aurais fait une chose pareille... volontairement. Elle m'a eu. Elle m'a bien eu. Je l'aimais. Je l'aime. Tu le sais...*

Elle savait tout.
Elle m'avait manipulé.
Elle nous avait manipulés tous les deux. Elle avait tout mis en œuvre pour me garder à sa botte, pour conserver le contrôle sur elle, sur moi, sur nous et elle avait réussi. Elle m'avait eu. Elle m'avait tout pris. Mais il me restait Déva, la liberté, le voyage.

En quête de nouvelles pièces, j'ai repris la route, vers l'est, cette fois : la Mongolie, le Népal, la Chine, l'Inde, l'Indonésie, la Nouvelle-Zélande.
A Wellington, j'ai rencontré Jacinda.
C'est une femme magnifique.
Elle m'a touché au cœur.
Avec elle, tout est différent.
Avec elle, rien ne sera pareil.

Août, 20...

FSC
www.fsc.org
MIXTE
Papier issu
de sources
responsables
Paper from
responsible sources
FSC® C105338

© 2019, Urbino, Dominique
Edition : Books on Demand,
12/14 rond-Point des Champs-Elysées, 75008 Paris
Impression : BoD - Books on Demand, Norderstedt, Allemagne
ISBN : 9782322031023
Dépôt légal : mai 2019